Renate Zuniga

STERNE WOHNEN AUSWÄRTS

Kriminalroman

Giftmelange – die Krimireihe im
Wiener Frauenverlag
Band 2

Die Deutsche Bibliothek – CIP-Einheitsaufnahme

Zuniga, Renate:
Sterne wohnen auswärts : Kriminalroman / Renate Zuniga. –
Wien : Wiener Frauenverl., 1994
(Giftmelange ; Bd.2)
ISBN 3-900399-91-3
NE: GT

Gedruckt mit Unterstützung durch die Kulturabteilung der Stadt Wien.

Umschlaggestaltung: Karin Ivancsics
Lektorat und Gestaltung: Sylvia Treudl
Satz: TextDesign Tripolt, Klagenfurt/Celovec; technische Beratung:
Peter Wieser
Druck: Wiener Verlag, Himberg; technische Beratung: Rudolf Leonardelli

ISBN 3-900399-91-3

Bei Tageslicht war jeglicher Zauber verschwunden. Cani schnarchte mit offenem Mund. Ihre schlechtgemachte Teilprothese war leicht verrutscht. Sie hatte wulstige Lippen. Jetzt, ohne Lippenstift, sahen sie ganz blau aus.

Nachher konnte er das alles nie mehr richtig verstehen. Manúel setzte sich auf die Bettkante und betrachtete die schlafende Frau. Er rieb sich die Augen und tastete mit seinem nackten Fuß unter dem Bett nach seinem linken Schuh. Er wollte mit dem schmutzigen Boden nicht in Berührung kommen.

Die Gegenstände auf dem Nachtkästchen erzählten ihm die Geschichte von der Sinnlosigkeit seiner Hoffnungen. Beim Anblick des Vibrators mußte er lächeln.

Einer Nutte Genuß verschaffen und dafür noch bezahlen! So etwas konnte tatsächlich nur ihm einfallen.

Er wußte, daß seine Gefühle keine 24 Stunden überlebten, und ging hinter die improvisierte Trennwand, die in Canis Badezimmer führte. Der Duschvorhang war ein zerschlissenes Leintuch. Aus einem Brausekopf, der aus dem Plafond ragte, tropfte spärlich kaltes Wasser. Er zog die Schultern zusammen und ließ eine Weile das Wasser über seinen Körper rinnen. Der hellblaue Kunststoffanstrich an der Wand blätterte ab. Unter drei schmuddeligen Badetüchern suchte er jenes aus, das ihm das größte Vertrauen einflößte. Manúel ging in das Zimmer zurück, in dem die schlafende Frau lag, suchte seine Kleidungsstücke zusammen und zog sich an. Aus der Innentasche seines Sakkos nahm er einen Zwanzigdollarschein und legte ihn auf das Nachtkästchen. Ihm fiel das Briefchen mit dem Kokain, das er bei sich trug, ein. Es war eingewickelt in das Papier des *Comercio* von vorgestern. Er drückte es zwischen seinen Fingern und legte es schließlich neben den Vibrator. In den nächsten Tagen hatte er dafür keine Verwendung, und Cani würde ihre Freude daran haben. Er steckte seine Brieftasche, der er das Briefchen entnommen hatte, zurück in sein Sakko. Vorher vergewisserte er sich, daß er sein Flugticket noch bei sich hatte, und las beruhigt: Lima-Frankfurt, Frankfurt-Wien.

Manúel schenkte der schlafenden Frau keinen weiteren Blick und verließ die Pension.

Lima war grau. Es war Juli, und der Winter war in diesem Jahr besonders ungemütlich. Seit Tagen hatte sich der Nebel nicht verzogen, und man mußte schon allerhand trinken, um die Feuchtigkeit der Leintücher zu ertragen. Manúel ging durch die Gassen von Breña. Einer Horde Straßenkinder warf er eine Handvoll Münzen vor die Füße. Er überlegte sich gerade, was diese kleinen Kreaturen wohl alles anstellen mochten, um hier überleben zu können, als ihm ein Schuhputzjunge, kaum älter als sechs Jahre, den Weg verstellte:

„*Señor*, mit diesen Schuhen können Sie sich heute aber nicht verloben!"

Manúel wollte sich nicht verloben, ließ sich seine Schuhe aber trotzdem putzen. Danach hielt er nach einem Taxi Ausschau. Er bestieg einen *MGB-Roadster*, dessen ursprüngliche Farbe nicht mehr zu eruieren war, und freute sich auf Europa. Er würde das Kilo Kokain in Wien abliefern und dann so schnell wie möglich nach Marbella fahren. In Spanien war jetzt Sommer, und es wimmelte dort nur so von blonden Urlauberinnen, die für ein halbes Gramm Kokain bereit waren, alles und noch mehr zu tun. In Chorillos stieg er in der Nähe des *Puerto de los Pescadores* aus dem klapprigen Auto. Manúel genoß das Gerangel um seine Person. Um diese Jahreszeit war es kalt, und die Besitzer der Holzbuden stritten sich lautstark um jeden einzelnen Kunden.

Er bestellte einen Sud aus Fischköpfen, *Ceviche*, einen in

Zitronenmarinade eingelegten, rohen Fisch und zwei süße Kartoffeln. Später trank er einen Krug Maisbier. Während er aß, betrachtete er abwechselnd den stürmischen Pazifik und die Geschwüre eines dreibeinigen Hundes. Er dachte an die Zeit, als sein jüngerer Bruder noch lebte und sie gemeinsam viel Zeit an diesem Strand verbracht hatten. Jetzt kam Manúel nur noch selten nach Lima. Er war heilfroh, daß er größer war als die meisten Männer in Peru.

Als sich am Nebentisch eine Gruppe grenzdebil wirkender Jugendlicher geräuschvoll niedergelassen hatte, rief Manúel die Bedienung und bezahlte. Warum Jugendliche immer schreien müssen, fragte er sich und verscheuchte einen hungrigen Hund, der unter den Tischen nach Eßbarem Ausschau hielt. Er stellte sich mitten auf die Straße, die den Strand entlangführte. Sofort blieb ein privates Taxi stehen. „*Morro de Arica. Rimac*", befahl Manúel kurz und bündig, bevor er sich nach dem Fahrpreis erkundigte. Der Besitzer des Autos, der wegen Manúels ausländischer Kleidung annahm, daß ihm eine Glücksfee einen Touristen auf den Rücksitz geschleudert hatte, nannte eine gewagte Summe. Manúel holte tief Luft, schickte den Fahrer zur Hölle und empfahl ihm, in das verdreckte Geschlechtsteil seiner Mutter zurückzukriechen. Dorthin, wo er vor viel zu langer Zeit als verkrüppelter Hurensohn zur Schande der gesamten Menschheit ohne Sinn und Grund herausgekommen war. Auf der Stelle bemerkte der Fahrer, daß er es bei Manúel mit einem Einheimischen zu tun hatte, und er reduzierte den Fahrpreis drastisch. Winselnd begann der Chauffeur die Tragödie seines Lebens zu schildern. Manúel bemerkte einmal mehr, daß in Lima alle Uhren anders gingen und sich überhaupt nichts verändert hatte.

Vor einem Truppenübungsplatz der peruanischen Armee stieg Manúel aus. Er wartete, bis das Taxi seinen Blicken entschwunden war, und ging die 200 Meter zur Tankstelle mit dazugehöriger Reparaturwerkstätte zu Fuß.

Finco Bravura lag unter einem roten *Morris* und versuchte dem Wagen den umgeschweißten Auspuff eines *VW-Käfers* anzupassen. Neben dem *Morris* blieb Manúel stehen. Als Finco die handgemachten *Nagy*-Schuhe erblickte, kam er schnell unter dem Wagen hervorgekrochen. Er schaute sich ein paarmal ängstlich um, während er Manúel ins Hintere der Werkstätte führte. Vor einer Metalltür, die von einem Regal mit allerlei Farbtöpfen und Werkzeugen verdeckt war, blieben sie stehen. Schweigend schoben die beiden Männer das Regal zur Seite und betraten eine provisorisch eingerichtete *Cocina*, das Labor, in dem Finco höchstpersönlich Cocapaste in Kokain verwandelte. In diesem Raum roch es stark nach Äther und Azeton und nach blutjungem Kokain. Manúels Mund wurde auf der Stelle wäßrig, und er mußte heftig schlucken. Vor zwei Wochen hatte es in der *Cocina* eine kleine Explosion gegeben. Wenn man genauer hinsah, konnte man die Spuren an den Wänden erkennen. Irgend jemand hatte den Lärm gehört und die Polizei verständigt. Die beiden Polizisten, die kurz darauf auftauchten, gaben sich verständnisvoll und mit einer vorläufigen Anzahlung zufrieden. Seither war Finco sehr besorgt. Er mußte jetzt natürlich jederzeit damit rechnen, daß diese Polizisten wieder kamen und ihn neuerlich zur Kasse baten. Finco nahm zwei Gläser und füllte sie mit *Pisco* halbvoll. Eines der Gläser drückte er Manúel in die Hand. Die beiden prosteten einander zu. Bevor Finco zu sprechen begann, holte er tief Luft: „*Amigo*, ich habe seit zwei Wochen Probleme. Polizisten haben mich auf ihre Gehaltsaufbesserungsliste gesetzt. Es tut mir leid, aber das *Coca* ist teurer geworden!“

Manúel verschluckte sich an seinem *Pisco.* Er hustete und starrte Finco feindselig an. Von einer Verteuerung wollte er nichts wissen. Unwillkürlich griff er sich an die Sakkotasche, in der sein Flugticket steckte.

„Dann muß ich den *Cuchifay* eben woanders besorgen!“ sagte Manúel und stellte sein Glas auf eine verdreckte Stellage. Er schaute sich im Labor um und bemerkte erstaunt, daß in einer Ecke eine Liege stand. Außerdem sah er jetzt einen Kochtopf, in dem eine Portion Spaghetti einsam vor sich hin schimmelte. Also stimmte die Geschichte, die er vor ein paar Tagen im *Pico de Oro* von Fincos Bruder erfahren hatte.

Fincos Frau Enriqueta wollte sich mitten in der Nacht ein Glas Milch aus dem Kühlschrank holen und hatte dabei Finco mit dem Hausmädchen, einer aufregenden Mestizin aus Ayacucho, erwischt. Kurz darauf sollen die Brüder von Enriqueta ihren Schwager aus dem Haus gejagt haben. Offensichtlich wohnte Finco seither in seiner *Cocina.*

Manúel kochte. Da setzt sich dieser Troglodyt das Hausmädchen auf den Schoß, läßt sich von seiner Frau erwischen, und mir erzählt er jetzt einen Roman von wegen Polizei und Problemen. Lösung: Ich soll mehr Geld hinblättern, damit dieser Idiot für seine Frau und deren gesamte Sippe Versöhnungsgeschenke kaufen kann.

Finco fuchtelte mit den Armen aufgeregt in der Luft und zeigte auf die schwarzen Streifen an den Wänden, die Spuren der Explosion. „Schau doch, die ganze Scheiße ist in die Luft geflogen! Die *Polizei* ist aufgetaucht!“

Manúel lachte zynisch und schrie: „Ah, die Polizei! Und die hat dir auf die Schulter geklopft und fürs nächste Mal mehr Glück gewünscht?“

„Nein, natürlich nicht. Bezahlen mußte ich! Und jetzt kannst du dir ausrechnen, wie der Film weitergehen wird. Das

Blut werden sie mir aussaugen, diese Hunde!“ Manúel starrte auf die schwarzen Streifen an den Wänden, war aber nicht bereit, auch nur einen einzigen *Sol* mehr zu bezahlen als die beiden letzten Male. Okay, der Stoff war angenehm, gerade die richtige Mischung für Peter Konrad und seine Kundschaft in Wien. Genug Äther, daß der Stoff noch nach Kokain schmeckte und diese verweichlichten Idioten nicht Nacht für Nacht den Notarzt mit seinen Valiumspritzen rufen mußten. Aber andererseits war mit Finco der Preis vereinbart worden, und Manúel haßte nichts mehr als das Gefühl, daß ihn irgendwelche Leute übers Ohr hauen wollten. Viel Zeit blieb ihm nicht! In wenigen Stunden ging seine Maschine, und es war unmöglich, in so kurzer Zeit anderswo Stoff aufzutreiben.

„Hätte ich mir diesen Mist doch schon vor zwei Tagen abgeholt!“ schoß es Manúel durch den Kopf. Allerdings, wo hätte er das Koks verstecken sollen? Er fixierte Finco an einem bestimmten Punkt zwischen dessen Augenbrauen – ein alter Trick, den ihm sein Vater beigebracht hatte – und bemerkte, daß Fincos Augen unruhig hin- und herflatterten. Finco wußte nicht, daß Manúel fast keine Zeit mehr blieb.

Manúel fixierte noch immer den imaginären Punkt zwischen Fincos Augen und sagte: „Du willst also mehr Geld! Aber ich habe nicht mehr Geld bei mir. Ich bezahle den vereinbarten Preis. Und wenn das nicht in Ordnung geht, bekommst du mit mir auch Probleme!“

Finco wurde blaß, schaltete aber dennoch auf stur: „*Amigo*, ich stecke bis zum Hals in Schwierigkeiten! *Tengo problemas, carajo!* Wenn du nicht mehr bezahlen kannst, dann muß ich den Stoff zwei *Gringos* geben, die mir das Doppelte blechen!“

Manúel verwünschte alle *Cocineros* der Erde, diesen verdammten Job, wo immer etwas und noch etwas dazwischenkam. Er bemerkte, daß er unter seinem Hemd in Strömen schwitzte, und griff nach dem Glas, das er auf der Stellage deponiert hatte. Geräuschvoll würgte er den Schnaps seine Kehle hinunter, drehte sich auf knirschenden Schuhsohlen um und ging langsam durch die Werkstätte ins Freie. Wie zufällig stieß er einen Farbtopf, der auf dem Boden stand, um. Manúel ging an den beiden altertümlichen Zapfsäulen vorbei und stand wieder einmal auf der Straße.

Was tun, wenn die Geschichte mit den beiden *Gringos* nun stimmte? Erleichtert atmete er auf, als er Fincos Arm auf seiner Schulter spürte. Schweigend gingen die beiden Männer zurück. Fincos Gesicht war todtraurig, und er tat Manúel jetzt beinahe leid. Aber dieses Gefühl verscheuchte er schnell. Schließlich hatte sich Finco seine Probleme selber zuzuschreiben. Was mußte sich dieser Idiot auch mit dem Hausmädchen einlassen, noch dazu vor den Augen seiner Frau? Eine Frau, die einen Haufen Brüder hatte und deren Vater, soviel wußte Manúel, auch noch recht munter in seiner Wäsche steckte ...

Finco legte ein Paar ockergelber Schuhe auf den Tisch, und Manúel traf fast der Schlag.

„Was, mit diesen unmöglichen Schuhen willst du mich auf die Reise schicken! Bist du verrückt? Ich habe dir doch schon hundertmal gesagt, daß die Schuhe, in die du das Zeug einbaust, dezent sein müssen. Kein Mensch läuft in Europa mit solchen Schuhen herum!"

Finco betrachtete Manúel verständnislos.

Er drehte einen der Schuhe um und klopfte mit der flachen Hand auf die Gummisohle.

„Schau dir diese Arbeit erst einmal an! Schau, wie perfekt diese Schuhe genäht sind! Da kann es doch überhaupt kein Problem geben."

Manúel hatte keine Kraft mehr. Finco überreichte ihm

zwei kleine, gut gemachte Keramikfiguren, *Vicuñas* mit lachenden Gesichtern. Manúel wollte diesen Alptraum beenden und auf der Stelle von hier verschwinden. Er packte die Schuhe in eine Plastiktasche, die ihm Finco gegeben hatte, und legte die Keramikfiguren obenauf. Dann überlegte er es sich anders und zog die gelben Schuhe an, damit sie wenigstens nicht ganz neu aussahen, wenn er damit in Wien ankam. Er schnürte die Schuhbänder, steckte seine *Nagy* in die Tasche und bemerkte beim Auftreten, daß ihm die Schuhe um mindestens eine Nummer zu klein waren. Manúel wußte, daß eine neuerliche Diskussion überhaupt keinen Sinn hatte, und blätterte 6000 Dollar auf den Tisch. Finco raffte die Geldscheine zusammen und ließ sie blitzschnell in der Brusttasche seines ölverschmierten Overalls verschwinden. Er streckte Manúel seine Hand hin.

Plötzlich schien er mit dem Preis doch sehr zufrieden. Manúel dachte an Spanien und nahm sich vor, es sich sehr, sehr gutgehen zu lassen. Finco wollte schon über das nächste Geschäft reden und meinte beiläufig: „Seh ich dich in vier Wochen wieder, *Amigo*?“ Manúel antwortete, daß er das im Moment noch nicht wisse, sich aber gegebenenfalls rechtzeitig bei ihm melden werde. Finco wollte eine konkrete Zusage und versprach heftig, daß er beim nächsten Mal ganz sicher schönere Schuhe besorgen werde. „In vier Wochen, wie immer?“ fragte Finco mit einem freundschaftlichen Lächeln. Manúel legte seine Hand auf Fincos Schulter und sagte: „Wer weiß schon, was in vier Wochen alles passiert. Ob wir dann überhaupt noch am Leben sind?“ Er bezog sich auf Fincos gefahrvolles Leben als Ehemann und Laborant. Finco musterte seinen Kunden erstaunt, dann lachten beide.

Zu diesem Zeitpunkt wußte noch niemand, daß Manúels Stunden in der Tat schon gezählt waren.

Als Manúel in seinem Hotel angekommen war, packte er schnell einen Koffer. Die *Vicuñas* verstaute er zwischen einem Stoß frischgewaschener Hemden. Dann verschloß er den Koffer und steckte den Schlüssel in die Innentasche seines Sakkos. Während Manúel die Rechnung beglich, stoppte ein kleiner Indianer, wie befohlen, für Manúel ein Taxi. Als er auf die Straße trat, wartete der Wagen schon. Der Indianerjunge verbeugte sich tief und streckte Manúel seine geöffnete Hand hin. Manúel machte es Freude, dem Jungen kein Trinkgeld zu geben. Wieder einmal war ihm klargeworden, daß er diese Indianer auf den Tod nicht leiden konnte.

Vom Flugzeug aus betrachtet, in einer gewissen Höhe, sieht das Meer aus wie die Haut eines uralten Elefanten.

Eine Stewardeß servierte Manúel ein Essen, das er auf der Stelle wieder zurückgehen ließ. Statt dessen trank er *Scotch* mit Wasser und Eis und aß ein kleines Päckchen Aschantinüsse. Der Charterflug war bis auf den letzten Platz ausgebucht. Manúel haßte Charterflüge, wußte aber, daß diese selten von Drogenfahndern kontrolliert werden.

Neben Manúel saß ein deutsches Ehepaar. Junge Alternative mit Kind, für das sie einen Schoßplatz um zehn Prozent des Erwachsenenpreises gebucht hatten. Die beiden steckten in grobgewebten Leinenanzügen, wie sie die Indianer auf der Insel Taquile im Titicacasee tragen. Manúel schüttelte es bei diesem Anblick vor lauter Abscheu. Nachdem sie schon eine Weile in der Luft waren, hörte er mit einem Ohr die Begrüßungsformel des Piloten. Er trank einen zweiten *Scotch* und begann angenehm vor sich hin zu dämmern, die Schuhe hatte er ausgezogen, aber vorsichtshalber seine Füße draufgestellt, als sich plötzlich eine Hand auf seine Schulter legte und ihn ein Mann mit seinem Spitznamen *Antarki* ansprach. Manúel erschrak. Schon lange hatte ihn niemand mehr so genannt. Er drehte sich ruckartig um und blickte in ein ihm zunächst noch unbekanntes Männergesicht.

„*Antarki! No me conoces*? Kennst du mich nicht mehr? Ich, Jorge. Jorge Hildesheimer!“

Jorge Hildesheimer hatte seine Zähne entblößt, und erst jetzt erkannte Manúel in diesem Gesicht seinen Jugendfreund wieder. Sie waren in dieselbe Schule gegangen und hatten jahrelang zusammen im selben Fußballverein gespielt. Jorge schien vor lauter Freude über diese unerwartete Begegnung ganz aus dem Häuschen zu sein. Er begrüßte Manúel, als ob er bei sich zu Hause wäre, und erklärte lautstark und stolz, daß er der Kapitän dieser Maschine sei. Chefpilot bei einer deutschen Fluglinie! Jetzt fiel Manúel alles wieder ein. Jorges Vater, Gernot Hildesheimer, war nach dem Zweiten Weltkrieg nach Peru gekommen und hatte eine Mestizin, Jorges Mutter, geheiratet. Im ganzen Haus der Hildesheimers waren Geweihe von Tieren, die es in Südamerika nicht gab, aufgehängt. Frankfurter Würstchen hatte Manúel als Kind bei den Hildesheimers zum ersten Mal in seinem Leben gegessen. Jorges Vater, ein Choleriker, wurde jedesmal fuchsteufelswild, wenn seine Frau wieder einmal vergessen hatte, die Würstchen rechtzeitig aus dem Wasser zu nehmen, und sie ganz aufgeplatzt servierte.

Señor Gernot erzählte immer wieder von diesem Krieg. Von Rußland und Stalingrad und daß es dort im Winter so kalt war, daß, wenn man pißte, sofort ein festgefrorener Eiszapfen vom Boden bis knapp unter den Schwanz ragte. Jorges Mutter verdrehte jedesmal, wenn diese Geschichte an der Reihe war, die Augen und hörte nicht auf, ihren Kopf ungläubig zu schütteln. Jahrelang war Manúel in Jorges blonde Schwester Reinhild unsterblich verliebt gewesen, wagte es aber nie, auch nur ein Sterbenswörtchen zu sagen. Vor einiger Zeit hatte ihm ein Bekannter aus Breña, dem Stadtteil von

Lima, wo sie aufgewachsen waren, erzählt, daß Jorges Schwester Reinhild schon lange verheiratet war und eine Schar Kinder hatte. Ihr Mann war der Generalvertreter für *Volkswagen/Peru.* Diese Gedanken schwirrten Manúel durch den Kopf, während ihm Jorge immer wieder auf die Schulter klopfte und ihn mit Fragen bombardierte. Wo er denn die ganze Zeit gesteckt habe? Was er mache? Wo er lebe? Wohin er fliege und wozu?

Manúel zitterte am ganzen Körper. Heute schien überhaupt nichts zu klappen. Wieso mußte er ausgerechnet jetzt mit diesem Vollidioten von Jorge zusammentreffen? Er drückte seine Füße auf die Schuhe, die vor ihm auf dem Boden standen, und hörte das Kokain zwischen den Sohlen knirschen.

Manúel hatte alles, was mit dem Namen *Antarki* in Verbindung stand, vor langer Zeit aus seinem Gedächtnis gestrichen. Er war vor 31 Jahren, während eines Fluges von Chicago nach Lima, auf die Welt gekommen. Seine Mutter hatte, im achten Monat schwanger, ihren Mann auf einer Geschäftsreise begleitet. Auf dem Rückflug, gerade als sie auf die Toilette gehen wollte, hatten die Wehen eingesetzt. In kürzester Zeit hatte sie einem strammen Jungen das Leben geschenkt, genau über der Grenze zwischen den Vereinigten Staaten und Mexiko. Somit war Manúel der siebte Mensch, der das Licht der Welt in einem Flugzeug erblickt hatte. Und der erste Peruaner! Der Präsident der Fluglinie, die den Namen *Antarki* trug, hatte höchstpersönlich die Patenschaft für Manúel übernommen. Auf den Titelseiten des *Comercio* und in anderen mehr oder weniger namhaften Zeitschriften des Landes waren Fotos des Präsidenten, der den winzigen Manúel in seinen Armen hielt, erschienen. Manúel war schlagartig eine Berühmtheit geworden, hatte eine glänzende Zukunft in Aussicht und war der ganze Stolz seiner Eltern. Am Tage seiner Volljährigkeit hätte er seine Staatsbürgerschaft frei wählen dürfen. Natürlich hätte er die Staatsbürgerschaft der Vereinigten Staaten der Mexikos vorgezogen. Aber nun war er Peruaner, genauso wie sein Vater. Zu jedem Geburtstag und zu Weihnachten hatte der Präsident, begleitet von zahlreichen Stewardessen, Manúel die herrlichsten Spielsachen von ganz Lima überreicht. Ferngesteuerte Flugzeuge, die direkt aus den USA importiert worden waren, Sportgeräte – ein Zwölfgangrad zum Beispiel und Surfbretter –, wie sie die peruanische Küste noch nicht gesehen hatte. *Antarki* übernahm sämtliche Kosten für Manúels Ausbildung, und seine Eltern schickten ihn auf die angesehenste und teuerste Privatschule des Landes, die *Emaculada de Roosevelt.*

Doch eines Tages ging *Antarki* bankrott. Dem Präsidenten und weiteren sieben Vorstandsmitgliedern wurde vorgeworfen, Gelder in Millionen-Dollar-Höhe veruntreut zu haben. Der Präsident verließ Peru auf Nimmerwiedersehen, und *Antarki* wurde von *Aeroperu* übernommen. Für Manúel fand das Luxusleben auf der *Emaculada de Roosevelt* ein rasches Ende, und er wurde in eine normale Staatsschule versetzt. Zwei Jahre danach starb seine Mutter, viel zu jung, an Unterleibskrebs, und sein Vater, der nach dem Tod seiner Frau intensiv dem Alkohol zugesprochen hatte, einige Jahre später an Leberzirrhose.

„*Antarki*, wie haben wir dich alle beneidet!" rief Jorge in die staunende Runde der Flugzeugpassagiere. „Kannst du dich noch an diesen springenden Ball erinnern, den dir der Präsident geschenkt hat? Der mit den zwei Ohren, an denen man sich festhalten mußte? Wunderbar, wie man damit durch die Luft fliegen konnte!"

Manúel war diese Situation überaus peinlich. Er murmelte etwas davon, daß das alles schon lange vorbei sei. Doch Jorge war überhaupt nicht mehr zu beruhigen.

„Du weißt ja gar nicht, wie oft ich an dich gedacht habe! Wahrscheinlich wäre ich niemals Pilot geworden, wenn ich dich und deinen Präsidenten nicht gekannt hätte! Aber was bin ich nur für ein Idiot, treffe meinen besten Freund nach so vielen Jahren wieder und lasse ihn einfach sitzen. Lasse ihn sitzen wie einen stinknormalen Passagier. Komm mit!"

Jorge faßte Manúel am Oberarm und wollte ihn in die Höhe ziehen. Manúel, den die Passagiere noch immer wie ein Weltwunder anstarrten, zwängte seine Füße in die Schuhe und schnürte sie zu. Dann stand er auf und begleitete Jorge in den Rumpf des Flugzeugs, in einen kleinen Raum, der für die Besatzung reserviert war. Jorge kredenzte chilenischen Rotwein und rief eine Stewardeß, die kurz darauf köstliche Sandwiches servierte. Während Manúel ein paar Häppchen aß, erzählte Jorge stolz und ausführlich die Geschichte seines geglückten Lebens. Doch plötzlich hielt er inne und begann neuerlich, Manúel mit Fragen zu quälen.

Manúel erzählte stockend – es sollte beiläufig klingen –, daß er Geschäftsmann sei, und erkundigte sich sofort nach Jorges Schwester Reinhild. Jorge bestätigte im wesentlichen das, was Manúel ohnehin schon wußte, und Manúel glaubte zu bemerken, daß sich Jorge mit seinem Schwager nicht gerade hervorragend verstand. Doch bald verlegte sich Jorge wieder auf seine penetrante Fragerei. Manúel konnte diese Situation kaum ertragen. Er war hundemüde, sein Kopf schmerzte, dabei mußte er sich konzentrieren, denn all die Lügen, die er Jorge auftischen mußte, sollten Hand und Fuß haben.

„Aber mußt du nicht zurück in dein Cockpit? Ich glaube schon beinah, daß du überhaupt nicht der Chefpilot dieser Maschine bist ..."

Das saß. Denn Jorge stand sofort auf und versicherte, daß er natürlich zurückmüsse. Jetzt sprach er im Stehen weiter: „Weißt du was? Ich bleibe mit dir zwei Tage in Frankfurt und lade dich ein. Du bist mein Gast! Wir zerlegen Frankfurt, so wie in den guten alten Zeiten!" Er schlug Manúel auf die Schulter, daß dieser, da er sich gerade erheben wollte, auf seinen Sessel zurücksackte. Er holte tief Luft. Jetzt war er fest entschlossen, diesem Spuk ein Ende zu bereiten, und sagte bestimmt: „Nein, ich muß sofort weiter nach Wien!"

Doch davon wollte Jorge nichts wissen: „Kommt nicht in Frage. Einen Tag mußt du wenigstens bleiben!"

Manúel kramte sein Flugticket hervor und zeigte es Jorge. Dieser beruhigte ihn und sagte, daß es für ihn überhaupt kein Problem sein werde, diesen Flug umbuchen zu lassen. Manúel war einem Nervenzusammenbruch nahe: „Nein, ich *muß* morgen in Wien sein!"

Jorge lachte seinem Freund ins Gesicht: „Okay, okay, du mußt morgen in Wien sein, du wirst morgen in Wien sein, und ich komme mit! Kenne ich sowieso nicht, diese Stadt."

Manúel verbarg sein Gesicht hinter seinen Händen. Jorge schaute ihn besorgt an und setzte sich ebenfalls: „Was ist los mit dir? Hast du Probleme?"

„Ja, ich habe Probleme!" seufzte Manúel kraftlos.

„Da hast du ja noch einmal Glück gehabt, daß ich dir über den Weg gelaufen bin. Natürlich werde ich dir helfen!"

Jetzt war Manúel beinah gerührt, er faßte Jorge an den Händen und sagte beschwörend: „Nein, danke für deine Hilfe. Aber es gibt eine Art von Problemen, mit denen man allein fertig werden muß, verstehst du?"

„Mit einer Frau?" flüsterte Jorge.

Manúel blieb die Spucke im Halse stecken, als er sich sagen hörte: „Meine Frau betrügt mich mit meinem Geschäftspartner! Und außerdem erwartet sie ein Kind!"

Als Manúel Jorges entsetzten Gesichtsausdruck sah, wußte er auf der Stelle, daß er einen enormen Fehler begangen hatte. Er war somit auf Jahre hinaus zum Gespött an jedem Tavernentisch und an jeder Straßenecke von ganz Breña geworden. Jorge verlor noch im selben Moment die gesamte Achtung für den Freund seines Lebens, der er noch vor kurzem gewesen war. Aber da war nichts mehr rückgängig zu machen. Eine solche Äußerung hätte er nicht einmal im Spaß machen können.

In diesem Augenblick wurde Jorge über Lautsprecher ins Cockpit gerufen. Schnell verabschiedete er sich von Manúel und schien erleichtert zu sein.

Langsam ging Manúel zurück zu seinem Platz. Dieser war in der Zwischenzeit vom zweijährigen Sohn des Alternativehepaares in Beschlag genommen worden. Als ihn seine Mutter, mit einem entschuldigenden Blick für Manúel, zurück auf ihren Schoß setzte, begann er wie ein Berserker zu brüllen. Manúel dröhnte der Kopf. Er zermarterte sich das Hirn, was ihn Jorge gegenüber zu einer dermaßen vertrottelten Äußerung bewogen haben mochte. Immer wieder dachte er diesen einen Satz: „Meine Frau betrügt mich mit meinem Geschäftspartner!", und an den Gesichtsausdruck seines Freundes, voll von Mitleid und Verachtung. Dabei hatte er in seinem ganzen Leben noch niemals eine Eheschließung ernsthaft erwogen, sondern war stolz darauf, ein Mann der Sorte zu sein, mit der Ehefrauen ihre Männer betrügen. Er kramte in seiner Hosentasche und brachte eine halbleere Packung *Ansiopaz* zum Vorschein. Er ließ sich von der hübschen Stewardeß Mineralwasser bringen und schluckte unzerkaut zwei Stück der kleinen Beruhigungspillen. Die Schuhe mit dem Kokain brannten an seinen Füßen wie Feuer, aber er wagte nicht, sie auszuziehen.

Manúel verfluchte Cani, Finco, Jorge und die gesamte peruanische Nation. Er haderte mit seinem Schicksal, weil er nicht in einem anderen Land zur Welt gekommen war. Die deutsche Mutter sang ihrem kleinen Sohn ein trauriges Kinderlied ins Ohr. Bevor Manúel einschlief, überlegte er sich einmal mehr, was wohl aus ihm geworden wäre, hätte sich sein Präsident damals nicht aus dem Staub gemacht …

Die Sonne ging unter.

Da sie nach Westen flogen, stand allen eine lange Nacht bevor.

Die *Boeing* 737, in der Manúel Rodriguez saß, setzte langsam auf der Landebahn des Flughafens Wien-Schwechat auf.

Manúel wußte, daß ihm jetzt der schwierigste Teil seiner Reise unmittelbar bevorstand.

Obwohl er sich wie eine mangelhaft aufgeblasene Gummipuppe fühlte, suggerierte er sich Kraft und Selbstbewußtsein. Er strich sein dichtes, schwarzes Haar nach hinten und ließ selbstbeschwörerische Sätze in sein Hirn rieseln:

„Ich sehe gepflegt und unauffällig aus!“

„Ich habe in meinem Leben Glück!“

„Alles, was ich anfasse, wird zu Geld!“

Doch gleichzeitig wußte Manúel, daß die Dinge so vereinfacht nicht stimmten und daß er mit seinem Job zwar eine Menge Geld verdient, aber beinahe ebensoviel wieder verloren hatte. Was war ihm letztendlich geblieben?

Gerade als er sich eine solide Existenz aufbauen wollte, war ihm die spanische *Guardia Civil* in die Quere gekommen, und als er nach 14 Monaten *Carabanchel*, das größte Gefängnis von Madrid, verlassen konnte, stand er einzig mit den Kleidungsstücken, die er auf dem Körper trug, wieder einmal vor dem Nichts.

Daran dachte er, als er den Ankunftsschacht verließ und

durch den langen Gang zur Ankunftshalle ging. Immer wieder warf er einen Blick auf sein Spiegelbild in den Schaufenstern der vielen Geschäfte, die gerade zugesperrt wurden. Er mußte sich zusammenreißen.

„Alles wird gutgehen. Alles muß gutgehen!"

Er schaute auf die unsagbar häßlichen Schuhe, die an seinen Füßen schmerzten, und sein Herz begann wie wild zu hämmern. Die Angst zog ihm den Magen zusammen, so daß er kaum atmen konnte. Als er seinen Koffer, der bei der Ankunft in der Halle schon auf dem Laufband kreiste, erblickte, rang er immer noch nach Luft. Bevor er es wagte, den Koffer vom Band zu nehmen, sah er sich aufmerksam um. Aber abgesehen von einer nur allzu verständlichen Paranoia, die bewirkte, daß ihm jeder zweite seiner Mitmenschen mit einer Polizistenvisage begegnete, war nichts Auffälliges zu bemerken. Früher hatte er solche Aufregungen geliebt und konnte sich kein intensiveres Lebensgefühl vorstellen, als vollbeladen mit Kokain eine Zollkontrolle zu passieren. Damals fühlte er sich groß und stark und war ein Held auf der Bühne des Lebens. Aber im Laufe der Zeit hatten sich diese Glücksgefühle abgenützt. Und alles, was er jetzt verspürte, war nackte Angst. Jetzt war es schon so weit gekommen, daß er, der Atheist, der Jungfrau von Montserrat einen Riesenstrauß gelber Rosen versprach, wenn sie ihn beschützte. Nur dieses eine Mal! Er reihte sich in die Menschenschlange, die auf die Zollabfertigung wartete, und ärgerte sich maßlos über sich selbst, weil er keine Sicherheitsvorkehrungen getroffen hatte. Was war er doch für ein Idiot, der einfach so, auf gut Glück, mit einem ganzen Kilo Kokain durch die Zollkontrolle gehen wollte. Warum hatte er nicht wenigstens ein zweites Ticket, auf einen falschen Namen ausgestellt, gekauft und einen anonymen Brief an die Polizei geschickt, in dem er diese Person, die in Wahrheit natürlich gar nicht existierte, beschuldigte, ein Drogenkurier zu sein. Alles hätte sich auf diesen Kurier konzentriert, und er hätte jetzt nicht das geringste zu befürchten. Ach, vielleicht war das auch keine so gute Idee. Vielleicht hätten die Polizisten dann erst recht jeden von oben bis unten durchsucht. Wahrscheinlich wären sie schon längst darüber informiert, daß diese sehnsüchtig erwartete Person gar nicht im Flugzeug saß. Aber beim nächsten Mal würde er auf alle Fälle zu zweit reisen. Für einen armen Teufel oder irgendeine Nutte ein Ticket kaufen, diese Person in anständige Kleider stecken und einen anonymen Hinweis verschicken. Und während die Drogenfahnder noch im Mastdarm dieser Person steckten, wäre er längst über alle Berge. Das war eine gute Idee! Genauso würde er es beim nächsten Mal machen.

Ein untersetzter österreichischer Zollbeamter in grauer Uniform nahm den grünen Reisepaß, den Manúel in der Hand hielt. Er wagte kaum zu atmen, schaute dem Beamten, der Manúel jetzt mit dem Paßfoto verglich, gerade in die Augen und bemühte sich um Ruhe. Der Zollbeamte ließ sich Zeit. Er blätterte den Paß von vorne bis hinten langsam durch, drehte ihn in alle Richtungen und besah sich Manúels Gepäck. Als er den dunkelblauen, unauffälligen *Samsonite* sah, wollte er von Manúel wissen, ob das alles sei. Manúel, der kein Deutsch verstand, zog den Schlüssel für den Koffer aus der Innentasche seines Sakkos und schickte sich an, den Koffer aufzusperren. Plötzlich gab der Zollbeamte Manúel seinen Paß zurück und machte mit der Hand ein Zeichen, daß er weitergehen solle. Der Beamte hatte sich einem Mann, der hinter Manúel stand, zugewandt und blätterte bereits im nächsten Paß. Schnell schnappte Manúel seinen Koffer und ging mit festem Schritt in die Wartehalle. Voller Genugtuung spürte er, wie mehrere Wasserblasen an seinen

Füßen platzten. Er genoß diesen Schmerz, atmete befreit auf, und die Gesichter der Wartenden, die auf die Glasscheibe starrten, erfüllten ihn mit einem Gefühl der Freude und des Glücks. Im Café vis-à-vis bestellte er sich einen Whisky und gleich darauf noch einen. Er bezahlte mit Dollars und gab der Kellnerin, einer pummeligen Hainburgerin, ein fürstliches Trinkgeld. Dann suchte er sich ein Taxi. Während der Chauffeur, ein Türke, Manúels Koffer in den Kofferraum legte, ließ sich Manúel Rodriguez befreit auf den Rücksitz fallen. Der Fahrer setzte sich hinter den Volant. Noch bevor er sich zu Manúel umdrehen konnte, sagte dieser, beinah akzentfrei: „Hotel *Atlantis*, Burggasse."

Walter Blau hielt den Hörer in der Hand und zählte mit. Dreiundzwanzigmal ertönte das Freizeichen. Er gab auf und knallte den Hörer enttäuscht auf die Gabel. Dieser Idiot von Robert Sommer, auf den man sich nie, aber auch kein einziges Mal verlassen konnte, hatte ihm versprochen, daß er ihm eine Zwanzigerpackung *Captagon* und blaue *Valium* vorbeibringen werde. Das Geld hatte er im voraus kassiert und war seither verschollen. Der Tagportier war vor wenigen Minuten nach Hause gegangen, und das bedeutete, daß er, falls er diesen Sommer nicht erreichte, für die nächsten zwölf Stunden auf dem Trockenen saß. Schon vor Stunden hatte er seinen letzten Rest Haschisch verraucht. Wahrscheinlich war diese ganze *Captagon*-Geschichte sowieso ein aufgelegter Blödsinn! Seit Jahren waren diese Speedtabletten aus dem Verkehr gezogen, und plötzlich taucht Robert Sommer auf und will einen pensionierten Arzt kennen, der mit diesen Wunderpillen ganze Wandschränke vollgestopft haben soll. Und das Stück für fünf Schilling abgibt.

Resultat: Walter Blau bezahlt im voraus. Robert Sommer taucht unter.

Walter Blau ging in das kleine Zimmer, das hinter der Rezeption lag. Es war wie ein Wohnzimmer eingerichtet, mit einem bequemen Sofa, einem Fernseher, verkabelt mit 27 Programmen. Im Wandschrank fand er seine halbversteckte Flasche *Bacardi*. Er nahm ein paar ordentliche Schlucke, und schon ärgerte er sich weiter. Immer wenn er in einer Situation steckte, in der er nichts tun konnte – ein nochmaliger Anruf bei Robert Sommer hätte wahrscheinlich nichts Neues ergeben –, überdachte er sein Leben.

An und für sich war sein Job als Nachtportier nicht das schlechteste. Sein Chef, ein angenehmer Mensch, hatte das Hotel geerbt, war viel im Ausland und erzählte von Zeit zu Zeit etwas von einer Renovierung. Aber es liefen neuerdings Gerüchte, daß der ganze Laden bald verkauft werden sollte. Walter war auch das recht. Er betrachtete die Arbeit als Nachtportier nicht als seine Lebensaufgabe. Es wäre schon lange an der Zeit gewesen, daß er sein Studium wieder ernsthaft in Angriff nahm und zu einem erfolgreichen Ende führte. Außerdem verdiente er hier kein Vermögen. Aber weil sein Chef selten im Haus war, ging immer wieder etwas „schwarz". Besonders bei Vertretern oder verheirateten Liebespaaren, die keine sturmfreie Bleibe und für Hotels wie das *Intercont* zuwenig Geld hatten. Walter kam ihnen beim Zimmerpreis entgegen, und sie verzichteten auf eine Rechnung. Aber heute ging es Walter schlecht. Er spürte, daß alle seine Knochen schmerzten. Die Muskeln seines Nackens fühlten sich an wie Beton, und weit und breit war kein Ausweg in Sicht. Er mußte an Sommer herankommen. Der war seine einzige Rettung. Wenn er seiner Freundin Irene nicht bald ein Sexualabenteuer bieten konnte, war diese imstande und packte ihre Koffer oder, was noch wahrscheinlicher war, die seinen. Er streckte die Arme in die Luft, und einige seiner Gelenke krachten. So wie er im Moment in seiner Haut steckte, war an eine Erektion nicht einmal im Traum zu denken. Da halfen Irene all ihre körperlichen Vorzüge nichts mehr und auch keiner ihrer noch so ausgeklügelten Tricks. Außerdem stand ihnen Irenes Periode ins Haus. Die Dame war um einige Jahre älter als er, und jeder Mann, der in seinem Leben einer lustbetonten, nüchternen und gesunden Achtunddreißigjährigen, die noch dazu eine jahrelange Ehe mit einem Wichser hinter sich hatte, begegnet war, wußte, in was für einer Zwickmühle er sich befand. Er drehte den Fernseher auf und verzog das Gesicht. Er konnte diesen Jugoslawienscheiß nicht mehr ertragen. Es war ja wirklich nicht mehr auszuhalten, was diese Serben dort boten. Er schaltete weiter, kein Programm schien etwas Besseres zu bringen. Schließlich landete er beim *Sky Channel* und bei Joe Cocker, der stockbesoffen in ein Mikro lallte. Aber drauf hatte der immer noch allerhand, dieser Opa. Aus der Rezeption hörte er Stimmen. Schnell ging er zum Wandschrank und trank noch ein paar Schlucke von dem guten *Bacardi*. Er wischte sich den Mund ab. Jetzt waren die Stimmen nicht mehr zu hören. Was sollte er tun? Den Fernseher abdrehen und sich seine Situation mit Irene durch den Kopf gehen lassen? Aber er gelangte zu dem Schluß, daß in Liebesangelegenheiten sämtliche Denkanstrengungen nur vergeblich sein konnten. Es kam immer alles ganz anders, als man dachte. Er wählte wieder Robert Sommers Nummer. Auch dieses Mal hob niemand ab. Er hatte gar nicht mehr gewußt, wie schlecht es ihm ohne Drogen ging, und versprach sich, mit diesem ganzen Zeug für eine Weile Schluß zu machen. Er mußte sich wieder mehr um Irene kümmern. Es würde wieder so werden wie früher. Mit dieser Frau hatte alles so hoffnungsvoll begonnen. Natürlich war sie für ihn eigentlich zu alt, aber sie war schön und gepflegt und hatte nur einen gravierenden Fehler: Sie nahm das Leben viel zu ernst! Ständig war sie frisch gewaschen. Immer stand sie rechtzeitig auf, um pünktlich an ihren Arbeitsplatz zu kommen. Nie machte sie auch nur einen einzigen Tag blau.

Als sie einander kennengelernt hatten, steckte Irene gerade in einer Trennungsphase. Sie hatte von ihrem Ehemann, einem aufstrebenden Rechtsanwalt, die Nase voll und wohnte bei ihrer Freundin. Außerdem bekam Walter Blau damals noch ein Stipendium für sein Studium der Philosophie und Politologie. Irene war von seiner Jugend und seinen philosophischen Kenntnissen schwer beeindruckt gewesen. Sie hatte weder von Fichte noch von Kierkegaard je etwas gehört. Und sie verbrachten die meiste Zeit im Bett. In ihrer reinseidenen Unterwäsche sah sie einfach umwerfend aus. Bald fand sie einen Job in einem Reisebüro, und er machte ihr den Vorschlag, doch bei ihm einzuziehen. Allerdings war sie ein wesentlich luxuriöseres Leben gewohnt, als er ihr bieten konnte, und hatte von diesem Studentenleben, wie sie es nannte, schon bald wieder ihre schöne Nase voll. Außerdem war sie von streng traditionellen Ansichten, wie zum Beispiel, daß es immer der Mann sein muß, der das gemeinsame Essen bezahlt, nicht und nicht wegzukriegen. Sofort nach ihrem Einzug begann sie die ganze Wohnung umzukrempeln und verlangte von Walter, daß er bei jedem neuen Möbelstück, das sie anschleppte, die Hälfte bezahlte. Als Walter vom Staat sein ohnehin mickriges Stipendium gestrichen worden war, drohte sie, ihn auf der Stelle zu verlassen, wenn er sich nicht sofort einen Job suchte.

„Ein Mann in deinem Alter, der kein Geld verdient!" hatte sie ein paarmal gesagt und dabei ungläubig den Kopf geschüttelt. Walter versuchte ihr einzureden, daß sie einstweilen das Geld verdienen solle, während er in Windeseile seine Dissertation schreiben und sie dann bis ans Ende ihrer

Tage durchfüttern werde. Doch davon wollte Irene nichts wissen. Walter Blau vertraute auf seine Jugend und seine Hingabe im Bett. Doch als Irene nach kurzer Zeit einen Informatiker mit schwerem Volvo, der noch dazu ein halbes Jahr jünger war als er, anschleppte, suchte sich Walter diesen Job als Nachtportier und flehte Irene an, doch bei ihm zu bleiben.

Irgendwie mußte er sein Leben schnell ändern und zu Geld kommen. Wenn ihm Robert Sommer die *Captagon* brachte, vorausgesetzt daß diese Geschichte mit dem pensionierten Arzt stimmte, würde er sich endgültig aufraffen und seine Dissertation „Über die Erinnerung“ schreiben. Er hatte schon eine ganze Menge zusammengelesen und sich zahllose Notizen gemacht. Es mußte etwas geschehen. Eine Veränderung! Ihm fiel ein, wie ihn Irene in letzter Zeit immer öfter mitleidig anschaute, und der bloße Gedanke daran jagte ihm Kälteschauer über den Rücken. Diese Frau war viel zu oberflächlich, als daß er sie in eine Abhängigkeit verwickeln hätte können. Soviel war klar!

In der Rezeption war es jetzt so laut geworden, daß er einfach nicht anders konnte, als nachzusehen. Eine Gruppe von japanischen Touristen hatte sich in der Halle versammelt und wartete auf den Reiseleiter, der sie auf ihrer Tour „Wien bei Nacht“ begleiten würde. Walter fraß fast der Neid, als er die Leute zählte und wahrnahm, daß es sich um mehr als dreißig Personen handelte. Sein Kollege vom Tag hatte sich pro Ticket zwanzig Prozent des Verkaufspreises unter den Nagel gerissen, was bei über siebenhundert Schilling drei blaue Scheine bedeutete. Scheiße! Warum hatten das Glück immer nur die anderen?

Die Tür zum Hotel flog auf, und der Reiseleiter betrat die

Halle. Der hatte Walter gerade noch gefehlt! Monsieur Gustave, so nannte sich dieses Ekel, erzählte überall herum, daß er uraltem ungarischem Adel entstammte, und hatte immer einen Gehstock mit Silberknauf bei sich, den er in die Luft hielt und dem alle Touristen nachlaufen mußten. Und jetzt steuerte dieser abgetakelte Schwuli auf Walter zu, blinzelte ihn an und fragte: „Wie viele haben wir denn heute, junger Mann?"

Walter schluckte, er konnte diesen Menschen nicht ertragen, und erwiderte patzig: „Woher soll ich wissen, wie viele Leute Sie haben? Oder muß ich jetzt für Sie auch noch zählen? Sie können froh sein, daß wir die Tickets von Ihrer Firma verkaufen und nicht die von der Konkurrenz."

Monsieur Gustave blies eine Menge Luft aus seinem verbitterten Mund, nannte Walter einen Kretin und begann die Japaner in einen Reisebus, der vor dem Hotel auf dem Gehsteig stand und aus dem der Donauwalzer in irrwitziger Lautstärke ertönte, zu zählen.

Als die letzten Japaner gerade in den Bus stiegen, betrat Manúel Rodriguez-Sologuren das Hotel. Walter blieb das Herz beinah stehen. Aber nur für einen Augenblick. Dann begann er angestrengt nachzudenken. Das war doch dieser Peruaner, der beim letzten Mal von Peter Konrad mit einem schwarzen *Porsche Carrera 4* abgeholt worden war. Peter Konrad war Besitzer eines Schickimickilokals im Zentrum, das *Atahualpa* hieß und in dem sich die Hautevolée Koks in die Nasenlöcher sog. Und jetzt tauchte dieser Typ plötzlich in seiner Hotelhalle auf. Walter begann zu schwitzen. Mindestens viermal war der schon dagewesen. Beim ersten Mal war er ihm gar nicht aufgefallen. Aber als er ihn das letzte Mal mit Peter Konrad sah, begannen seine Gehirnzellen zu arbeiten. Und noch dazu war dieser Mensch ein leibhaftiger Peruaner! Walter verfügte, was Peru betraf, nicht über die allergeringste Information, aber daß es dort Kokain gab, Kokain in Hülle und Fülle, wußte auch er. Manúel stand vor der Rezeptionstheke. Walter tat überaus geschäftig und kramte fieberhaft in diversen Notizblöcken, auf denen nichts stand. Wie zufällig hob er seinen Blick und starrte in Manúels schöne schwarze Augen. Sein erster Gedanke war, daß es bei dieser Augenfarbe unmöglich war, die Pupillen zu befragen. Es war nicht herauszufinden, ob der Mann, der vor ihm stand, seine Nerven mit Drogen präpariert hatte oder nicht. Wie auch, wenn man die Pupillen nicht vom Rest der Augen unterscheiden konnte? Walter sagte immer noch nichts und starrte Manúel an.

„Good evening", begann Manúel auf englisch. „My name is Manúel Rodriguez, I have a roomreservation."

Walter blätterte im riesigen Kalenderbuch und fand sofort eine Eintragung, die auf den Namen „Rodriguez" lautete und rot unterstrichen war. Was bedeutete, daß das Zimmer von Wien aus reserviert worden war. Walters Gehirn funktionierte jetzt wie ein eigenständig gewordener Computer. Er ließ sich Manúels Paß zeigen und blätterte ihn durch. Dieser Mann kam auf direktem Weg aus Peru, soviel verrieten die Zollstempel. Lima-Frankfurt. Frankfurt-Wien. Rodriguez hieß er. Walter verglich Manúel mit dem Paßfoto. Manúel wurde nervös, deshalb klappte Walter den Paß schnell wieder zu. *República del Perú* war auf dem abgegriffenen Dokument in goldenen Buchstaben zu lesen. Walter Blau gab Manúel einen Zimmerschlüssel, an dem an einem runden Anhänger ein Schild mit der Nummer 17 baumelte. Plötzlich hatte Walter nur einen Wunsch, er wollte möglichst locker und sympathisch wirken. Er pfiff den Song *Unchain my heart*, den vor 20 Minuten Joe Cocker im Fernsehen gesungen hatte, und schob Manúel lässig seinen Paß hin. Manúel wunderte sich, daß er keinen Meldeschein ausfüllen mußte, was ihm aber angesichts der überstandenen Strapazen nur recht sein sollte, nahm seinen Koffer und ging zur Treppe.

„First floor", rief ihm Walter nach.

Antarki setzte sich auf das Bett, das fast das gesamte Hotelzimmer ausfüllte, und streifte seine Schuhe ab. Er holte tief Luft und schaute sich die Bescherung an. Finco, dieser Idiot, hatte ihn mit Kinderschuhen auf die Reise geschickt. Vorsichtig bemühte er sich, seine Socken von den Füßen zu bekommen. Der Stoff klebte an den nässenden Wunden, daß ganze Hautfetzen mitgerissen wurden. Manúels Füße waren arg zugerichtet. Er warf die Socken in hohem Bogen in den Papierkorb, der in einer Ecke des Zimmers stand, zog seine Hose aus, legte sie ordentlich aufs Bett und ging ins angrenzende Bad. Er setzte sich auf den Rand der Wanne, stellte die Brause an und ließ lauwarmes Wasser über seine Füße rinnen. Dann zog er sein Hemd aus, warf es auf den Boden, hakte die Handbrause in die dafür an die Wand geschraubte Vorrichtung und ließ sich lange warmes Wasser auf den Nacken prasseln. Er stieg aus der Wanne und trocknete seinen Körper, die Füße tupfte er nur leicht mit dem Handtuch ab. Unter seinen Toilettensachen suchte und fand er Fußpuder und eine halb aufgebrauchte Packung Heftpflaster. Er überklebte die offenen Wunden. Am liebsten wäre er aus Wien schon wieder weg gewesen. Noch heute wollte er sich bei Peter Konrad melden. Morgen mußte das Geschäft stattfinden und nicht wie beim letzten Mal, als er vier Tage gewartet hatte, bis Konrad endlich das Geld aufgetrieben hatte. Dann würde er weiterreisen in den Süden. Er brauchte Urlaub. Vielleicht würde er mit diesem Job Schluß machen oder zumindest eine längere Pause einlegen. Als Kokaindealer, der im Alleingang arbeitete, konnte man sich nicht ewig nur auf das Glück verlassen, und er hatte den Bogen schon beinahe überspannt. Außerdem hielten seine Nerven diese bedrohlichen Zollkontrollen nicht länger aus. Er ging zu dem kleinen Kühlschrank, der in einer Ecke auf einem Tischchen stand, und entnahm ihm eine Portionsflasche polnischen Wodka, die er in einem Zug austrank. Dann legte er sich auf das Bett und dachte kurz daran, eine Stunde zu schlafen. Er überlegte es sich anders und stand wieder auf. Manúel nahm die ockergelben Schuhe, die vor ihm auf dem Boden standen, und schlug die Sohlen fest aneinander. Dann stellte er sie in den Schrank. Nachdem er seine Hose ausgeschüttelt hatte, schlüpfte er hinein und nahm ein frisches Hemd aus seinem Koffer. Bei dieser Gelegenheit stellte er die *Vicuñas* in die Mitte des Tisches. Als er endlich wieder in seinen gewohnten Schuhen steckte, taten ihm seine Füße auf einmal gar nicht mehr weh. Er ging noch einmal zurück ins Badezimmer und betrachtete sich im Spiegel, der viel zu hoch über dem Waschbecken montiert war. Er fand, daß seine Bartstoppeln gut zu ihm paßten. Nachdem er seinem Spiegelbild zugelächelt hatte, verließ er das Zimmer. Auf dem Gang fiel ihm ein, daß er etwas vergessen hatte. Er sperrte die Tür auf, nahm in der Dunkelheit die beiden *Vicuñas* vom Tisch und steckte sie in seine beiden Sakkotaschen. Als er das Hotel verließ, war vom Portier nichts zu sehen.

Manúel ging eine Straße entlang und wollte nach einem Taxi, das ihn ins *Atahualpa* bringen sollte, Ausschau halten. Zufällig stand er plötzlich vor einer Telefonzelle. Er betrat sie und wählte auswendig eine Nummer. Konrads Kellner Alfred meldete sich. Manúel konnte Alfred, einen sympathischen Glatzkopf, gut leiden und meldete sich mit *Machu Picchu*. Alfredos Grinsen und seine Freude waren sogar durch die Telefonleitung zu spüren. Leider hatte dieser

Mann darauf vergessen, Sprachen zu lernen, und stotterte in einem unverständlichen Englisch etwas von seinem Chef. Nach einer Weile kam Konrad selbst an den Apparat.

„Pasó por el local?“ Ob er ins Lokal kommen solle, wollte Manúel wissen. Konrad war von dieser Idee gar nicht begeistert. Er erzählte etwas von viel zu vielen Leuten, einer Besprechung und schien sich über Rodriguez' Ankunft gar nicht gebührend zu freuen. Das machte Manúel stutzig. Konrad, der es ansonsten kaum erwarten konnte, daß sein geliebter Manúel im Lokal auftauchte. Der ihn allen möglichen Freunden vorgestellt hatte und mit Kokain nur so um sich schmiß, daß Manúel die Haare zu Berge standen und er jedesmal heilfroh war, wenn er Wien ohne Schwierigkeiten verlassen hatte. Noch bevor Manúel fragen konnte, ob etwas nicht in Ordnung sei, sagte Peter Konrad, daß er in einer Stunde ins Hotel kommen werde. Manúel hatte nicht die Zeit, sich zu überlegen, ob ihm dieser Vorschlag gefiel, denn Konrad hatte den Hörer bereits eingehängt, und es war nur noch das Besetztzeichen zu hören.

Manúel ging auf die Straße. Er verspürte Hunger und wußte, daß er seinem Magen schon viel zu lange eine warme Mahlzeit vorenthalten hatte. Ganz in der Nähe der Telefonzelle gab es ein weißgetünchtes Lokal, das sich *El Greco* nannte. Manúel betrat es und setzte sich an einen der vielen freien Tische. Unter den unbekannten Speisen wählte er die dritte, die auf der Karte stand. Als ihm das Essen serviert wurde, ärgerte er sich über eine Menge Fett, in dem dürftige Fleischklümpchen schwammen.

Walter Blau glotzte in die Röhre. Er hatte den *Bacardi* ganz ausgetrunken, aber es ging ihm immer noch nicht besser. Seit einer halben Stunde versuchte er, sämtliche Leute, von denen er annahm, daß sie bestimmte Tabletten zu Hause hatten, zu erreichen. Aber es war wie verhext, denn außer Haschisch, das ihn in seiner Situation eher behindert als nach vorne gebracht hätte, wollte keiner und keine etwas haben. Robert Sommer war noch immer nicht bei sich zu Hause aufgetaucht. Wahrscheinlich versoff er gerade in irgendeiner Kaschemme die paar Hunderter, die er von Blau bekommen hatte. Er suchte nach seiner Brieftasche, um sich beim nächsten Würstelstand ein paar Bier zu besorgen. Beim Verlassen des Hotels stieß er mit dem Peruaner fast zusammen. Walter Blau erschrak furchtbar. Er hatte gar nicht bemerkt, daß Rodriguez noch einmal weggegangen war. Blau entschuldigte sich viel zu gestenreich, hielt dem Peruaner die Tür auf, wünschte eine gute Nacht und wäre, als er die Straße überqueren wollte, beinah in Konrads schwarzen *Porsche* gerannt. Jetzt brannten ihm die Sicherungen endgültig durch. Der Würstelstandbesitzer war gerade dabei, die Rollbalken herunterzulassen, und Blau mußte sich beeilen, aber Konrad, der ebenfalls erschrocken war, betätigte den elektrischen Fensteröffner und bedachte Blau mit derben Schimpfworten. Er nannte ihn von Arschloch aufwärts alles, was ihm in der Eile einfiel. Blau stand verdattert neben dem geöffneten Fenster, aus dem Konrad schimpfte, und wußte natürlich sofort, daß dieser dem Peruaner einen Besuch abstatten wollte. Er witterte seine Chance und hatte gleichzeitig unsagbare Angst, daß er sie nicht wahrnehmen werde können, so wie die Dinge momentan bei ihm liefen. Er entschuldigte sich stotternd, sagte, daß alles seine Schuld sei, und konnte den Würstelstandmenschen, der es eilig hatte, nach Hause zu kommen, mit Mühe überreden, ihm noch ein paar Flaschen Bier zu verkaufen. Dann hetzte er in die Rezeption zurück und überlegte sich, während er das erste Bier trank, fieberhaft, was jetzt zu tun sei.

Als er das Hinterzimmer betrat, erschrak er abermals. Diesmal war der Grund dafür Robert Sommer, der, als Blau ins Zimmer kam, vom Sofa aufsprang und triumphierend eine Packung *Captagon* in die Luft hielt. Blau hatte im Moment gar keine Zeit, sich zu freuen. Robert Sommer war neugierig: „Was macht denn der Besitzer vom *Atahualpa* bei euch im Hotel?"

Walter, in dessen Kopf alles durcheinanderzufliegen schien, hatte für die *Captagon* keinen einzigen Blick. Er drückte Robert Sommer auf das Sofa und antwortete: „Der trifft den Peruaner!"

„Was für einen Peruaner? Kenn' ich den?" Doch Blau gab ihm auf diese Frage keine Antwort: „Der Peruaner ist heute am Abend angekommen, und stell dir vor, der muß etwas mit dem Konrad zu tun haben. Vor zwei Stunden ist er gekommen. Direkt aus Lima!"

Sommer wirkte jetzt sehr interessiert, als er stammelte: „Lima? Sag einmal, ist das nicht in …"

„Doch, Lima ist in Peru. Und weißt du, was es dort gibt? Und warum trifft sich der mit dem Konrad? Warum treffen sich die beiden sofort? Und ich bin da und weiß nicht, was ich tun soll …", steiß Blau hervor, bevor er die Bierflasche wieder ansetzte und austrank. Sommer war aufgestanden und drehte in dem kleinen Zimmer eine Runde. Seine Arme hatte er auf dem Rücken verschränkt, und er schien ebenfalls fieberhaft nachzudenken.

„Woher kennst du diesen Peruaner?" wollte er nach einer Weile von Blau wissen.

„Den kenn' ich, weil er immer in meinem Hotel wohnt. Verstehst du, der kommt immer wieder! Vor einem Monat ist er auch dagewesen, und prompt ist der Konrad gekommen. Extra deswegen bin ich in die Stadt gefahren und habe mir dieses *Atahualpa* angeschaut. Und das sag' ich dir: Das ist das reinste Kokainloch! Alle paar Minuten rennen die dort zu zweit oder zu dritt aufs Klo, und wenn du mit dem feuchten Finger über die Spülbecken fährst, dann ist dein Finger so weiß, daß sich eine halbe Linie ausgeht. Und außerdem sind die Spülbecken dort schwarz. *Schwarz*, verstehst du?"

Blau ging jetzt ebenfalls im Zimmer auf und ab und war ganz knapp vor Sommer stehengeblieben, bevor er aufgeregt weitersprach: „Wer braucht schwarze Spülbecken auf dem Klo, frag' ich dich?"

„Mir brauchst du über das *Atahualpa* nichts zu erzählen, glaubst du denn, ich kenn' das nicht? Glaubst du, ich weiß nicht, was dort los ist?" schrie Robert in Blaus aufgelöstes Gesicht.

„Das ist im Moment *der* Koksertreff schlechthin, das weiß doch sowieso schon die ganze Stadt!" Und nach einer Weile meinte er: „Aber sag, das würde mich nämlich viel mehr interessieren, was sollen wir jetzt tun? Da gibt es in deinem Hotel womöglich Unmengen von Koks, und du schilderst mir die Spülbecken vom *Atahualpa*. Wo sind die beiden jetzt? Was hat der Peruaner für eine Zimmernummer?"

„Das könnte ich mir gut vorstellen, daß der Peruaner etwas dabeihat. Der ist ein total cooler Typ. So auf die Art *Miami Vice*, ein richtiger Geschäftsmann, verstehst du?"

Sommer packte Blau an den Schultern und schrie: „Die Zimmernummer, aber sofort! Oder soll ich die ganze Bude umkrempeln, du Trottel? Ich muß wissen, was da rennt, kapierst du?"

Sommer riß Blau am Pullover, daß der beträchtliche Polyacrylanteil des Gewebes nur so knisterte.

„Zimmernummer 17. Erster Stock", preßte Blau heraus, bevor ihn Sommer losließ und aus dem Zimmer hetzte, an der spärlich beleuchteten Rezeption vorbeirannte und, immer zwei Stufen auf einmal nehmend, in den ersten Stock lief.

Blau starrte auf den Tisch. Neben der Packung *Captagon* lag ein umgefallenes Glasfläschchen mit der Aufschrift *Valium 10.* Blau schüttelte ein paar Pillen auf seine Hand und steckte sich das Zeug in den Mund, bevor er hinter Sommer in den ersten Stock lief. Dort bog er auf Zehenspitzen in die Gangseite ein, in der sich Nummer 17 befand. Er sah, daß Sommer das Zimmer bereits gefunden hatte, denn er kniete auf dem schmutzigen Teppichboden und schaute durch das Schlüsselloch. Gerade als sich Blau dem Zimmer nähern wollte, wurde die Tür plötzlich aufgerissen. Konrad stürzte auf den Gang und stolperte beinah über Sommer, der noch immer auf dem Boden kniete. Jetzt ging alles blitzschnell, und obwohl sich Sommer nachher immer wieder überlegte, was in diesem Moment eigentlich geschehen war, bekam er das Ganze nie mehr so richtig zusammen. Konrad hob seine Hand, während sich Blau auf der anderen Seite des Ganges hinter einen Mauervorsprung drückte und mit einem Auge vorsichtig in die Richtung der beiden Männer schielte, und schlug Sommer mit dem Schaft einer Pistole auf den Kopf. Sommer sackte wie ein nasser Waschlappen zusammen. Blau, der nicht kapiert hatte, daß Konrad eine Pistole in der Hand hielt, trat hervor und fragte in die Dunkelheit, so gut es mit einem Mund, in dem sich gerade Valiumtabletten auflösten, ging, ob etwas passiert sei. Konrad erschrak dermaßen, daß er laut aufschrie. Er ließ etwas fallen und kam auf Blau zu. Als er ihn erreicht hatte, stieß er ihn zur Seite und rannte über die Treppe. Als sich Blau neben Sommer auf den Boden kniete, hörte er den Motor des *Carrera 4* aufheulen und Konrad mit quietschenden Reifen davonbrausen.

„Robert, was ist denn los? Robertl! Was ist denn nur los mit dir?“ fragte Blau immer wieder den scheinbar leblosen Körper, der in seinen Armen hing. Robert Sommer stöhnte ungesund auf. In diesem Moment ging das Licht an, und der

Gang war plötzlich hell erleuchtet. Blau bemerkte, daß ein hauchdünner Blutstreifen über Sommers linke Wange lief. Das Ganglicht konnte nur bedeuten, daß einer der japanischen Touristen die Tour „Wien bei Nacht“ frühzeitig abgebrochen hatte und schon jetzt ins Hotel zurückkehrte. Das Licht hatte Blau so verwirrt, daß er Sommer auf den Boden sacken ließ und sich schleunigst auf dem Klo am Ende des Ganges verstecken wollte, als er bemerkte, daß die Tür zum Zimmer des Peruaners nur angelehnt war. Mit einem heftigen Ruck zog er Sommer in das Zimmer und machte die Tür schnell zu. Atemlos horchte er auf jedes Geräusch. In einiger Entfernung wurde ein Schlüssel in ein Schloß gesteckt, eine Tür wurde geöffnet, gleich darauf wieder geschlossen und von innen versperrt. Es mußte sich um eines der Japanerzimmer am Anfang des Ganges handeln. Erst jetzt bemerkte Blau, daß im Zimmer des Peruaners nur ein Nachttischlämpchen brannte. Sommer kam langsam zu sich und meinte empört: „Der Typ hod mi auf'n Schädl g'haut!“

„Pscht, pscht. Sei ruhig!“ zischte Blau, dem die Einschätzung normaler Pensionsgeräusche um 23 Uhr aufgrund der Aufregungen abhanden gekommen zu sein schien. Während sich Sommer umständlich vom Boden aufzurappeln versuchte, sah sich Blau im Zimmer um.

Vom Doppelbett hing der leblose Körper von Manúel Rodriguez.

Dolly Novak, 22 Jahre jung, platinblond, warf die Tür des Zimmers, in dem sie gerade saubergemacht hatte, lautstark hinter sich ins Schloß. Unwillig schob sie einen gigantischen Industriestaubsauger vor sich her und zog einen Putzwagen umständlich den Gang entlang. Sie hatte Probleme mit dem Schlauch des Staubsaugers, schaute sich kurz um, ob sie allein war, und versetzte dem Apparat einen kräftigen Tritt.

Eine mistige Arbeit, die sie sich von ihrem Freund, der auf einen viel besser bezahlten Kellnerinnenjob mit vehementer Eifersucht reagierte, einreden hatte lassen.

Stubenmädchen. Zimmermädchen.

Schon nach drei Wochen stank ihr dieses ewige Putzen und Herausfischen fremder Schamhaare aus Brausetassen und Badewannen. Aber so war sie nun einmal, die Liebe. Im ersten Energierausch entschloß man sich zu allem möglichen Unsinn, und wenn die Katastrophe dann klar auf der Hand lag, war mit der Energie meistens auch nicht mehr viel los. Irgendwie, das wußte sie seit gestern wieder einmal ganz genau, paßten der Bertl und sie einfach nicht optimal zusammen. Sie summte den Refrain des Wienerliedes, das diese Altmännerband gestern beim Heurigen gesungen und noch einmal gesungen hatte: „Sog eahm, er soi si sei Göd in die Hoa schmiern, und di glei dazua ...“

Schon wieder wäre sie beinah über diesen verdammten Staubsauger gestolpert, als sie einen Universalschlüssel aus der Tasche ihrer weißen Schürze angelte. Schließlich bemerkte sie, daß die Tür zum Zimmer Nummer 17 unversperrt war. Sie drückte die Türschnalle mit ihrem rechten Ellenbogen nach unten und zog den Staubsauger und den Putzwagen, diese unseligen Erfindungen, durch die Tür. Atemlos sang sie noch immer diesen Ohrwurm: „Geh z'ruck zu dein Oidn, dea soi auf di hoidn, denn i hob längst vergess'n, wie scheens mit dia woa ...“

Dolly drehte sich um, als sie bereits im Zimmer stand, und das Wort „woa“ war der Auftakt zu einem gellenden Schrei. Sie starrte fassungslos auf die Leiche, die vom Bett auf den Boden hing, auf eine riesige Blutlache und auf den weitgeöffneten Mund des Peruaners. Das Zimmermädchen holte tief Luft und schrie neuerlich, und zwar so laut, daß ihr nach einer dreiviertel Stunde, trotz drei Riesenwhiskys, die sie getrunken hatte, noch immer die Kehle kratzte. Sie hüpfte sekundenlang auf ein- und derselben Stelle, ließ eine Dose *Vim* plus Putzlappen auf den Boden fallen und stürzte aus dem Zimmer.

Sie rannte durch den schmalen Gang, wäre beinah über die Treppe gestürzt und prallte schließlich mit voller Wucht gegen die Rezeptionstheke. Ein paarmal betätigte sie den Klingelknopf, doch die Rezeption blieb leer. Schließlich riß sie die Tür, die ins angrenzende Zimmer führte, auf. Walter Blau kauerte auf dem Sofa und hörte über Kopfhörer lautstark *Talking Heads.* Als sie ihm die Hörer vom Kopf riß, starrte er sie entgeistert an. Dolly beugte sich über Blau und bekam ihn am Oberarm zu fassen: „Eine Leiche! Walter, im ersten Stock liegt eine Leiche! Bitte komm, du mußt mir helfen!"

Walter Blau stand langsam vom Sofa auf, schließlich meinte er nachdenklich: „Wenn eine Leiche eine Leiche ist, was gibt es dann noch zu helfen?"

„Im ersten Stock liegt eine Leiche! Hörst du nicht, ein Toter! Wir müssen die Polizei einschalten. Das ganze Zimmer ist voll Blut! *Ich* putz' das nicht!" kreischte Dolly empört.

Walter Blau strich sein Haar glatt und ging zum Telefon. Er sagte zu Dolly, daß sie für eine Weile die Luft anhalten solle, und informierte den Polizeibeamten, der sich am anderen Ende der Leitung meldete.

Die Leiche von Manúel Rodriguez-Sologuren lag noch immer auf dem Bett im Hotelzimmer mit der Nummer 17. Jetzt allerdings in waagrechter Stellung. Der Polizeiarzt hatte sie im Verlauf seiner Untersuchungen auf das Bett geschoben.

Harry Schulz, der kleine, asketische Kommissar, schaute abwechselnd auf den Polizeiarzt und die Habseligkeiten des

Toten. Er hielt Manúels Reisepaß zwischen Daumen und Zeigefinger geklemmt und fächerte sich damit Frischluft ins Gesicht. Oberkommissar Adolf Hirth starrte vom Fenster auf die Straße und zählte die spärlich vorbeikommenden Personen, die aus dem Sonntagsständer die *Kronen-Zeitung* klauten. Als schließlich eine ältere, gutgekleidete Dame Münzen in den Schlitz steckte, wandte er sich angewidert ab und stand auf. Der Polizeiarzt packte seine Tasche ein und erhob sich, mit einem knarrenden Geräusch in den Kniekehlen, ebenfalls.

„Ist schon eine Weile tot. Schätzungsweise zwischen Mitternacht und zwei Uhr in der Früh! Erschossen!" sagte er.

„No na!" rutschte es Harry Schulz heraus. Adolf Hirth machte ein Geräusch mit dem Kehlkopf, das seine Mißbilligung ausdrücken sollte, und schickte Harry hinunter, um den jungen Mann, der die Polizei verständigt hatte, heraufzuholen. Der Polizeiarzt verabschiedete sich.

„Bis auf weiteres!" meinte er, bevor er das Hotelzimmer verließ. Kurz darauf betrat Harry Schulz hinter Walter Blau das Zimmer. Als Walter Blau die Leiche sah, wandte er sich entsetzt ab und machte auf die beiden Polizisten den Eindruck, als ob er sich jeden Augenblick ankotzen würde.

„Halten Sie diesen Anblick nicht aus, oder was?" fragte ihn Harry Schulz in einem Tonfall, als wäre es das Natürlichste der Welt, daß eine zerschossene Leiche auf einem Bett liegt.

Bevor Blau antworten konnte, wollte Hirth seinen Namen wissen.

„Blau. Walter Blau. Ich bin hier Nachtportier."

„Haben Sie etwas bemerkt? Ist Ihnen etwas Verdächtiges während der letzten Nacht aufgefallen?"

Walter Blau räusperte sich und sagte dann schnell: „Nein, nichts! Absolut nichts!"

Jetzt mischte sich Harry Schulz ein: „Nichts? Keine verdächtigen Personen? Jemand, der nicht unbedingt zum Hotel gehört?“

„Nein, wirklich absolut nichts“, beteuerte Blau, „eigentlich war es genau das, was man eine ruhige Nacht nennt.“

Hirth lachte zynisch auf und warf einen Blick auf die Leiche: „Für den da war es bestimmt keine ruhige Nacht!“

„Oder die ruhigste seines Lebens!“ bemerkte Schulz und fand sich wahnsinnig geistreich.

„Was haben Sie ab 23 Uhr gemacht? Wo waren Sie?“ wollte Hirth von Blau wissen und überging Schulz’ Bemerkung. Blau sprach jetzt so schnell, daß man ihn kaum verstehen konnte: „In der Rezeption. Ich bin die ganze Zeit über, das heißt während der gesamten Nacht, in der Rezeption gewesen.“

„Und Sie behaupten, nichts gehört zu haben?“ fragte Schulz erstaunt. „Keinen Schuß? Nichts?“

„Nein, nichts!“ stammelte Blau. „Ich mein’, ich war zwar in der Rezeption. Aber nicht so ganz direkt.“

„Was soll das heißen: nicht direkt?“ fragte Hirth erstaunt.

„Das heißt ... ich meine, ich möchte damit sagen ... im Hinterzimmer bin ich gewesen. Im Hinterzimmer, hinter der Rezeption. Dort gibt es eine Art Wohnzimmer mit Fernseher und so. Und einem Bett ... Weil wissen Sie, wenn eine ruhige Nacht ist, so eine wie gestern zum Beispiel, kann es schon vorkommen, daß ich ein wenig einnicke.“

„Sie schlafen, während in Ihrem Hotel die Leute niedergeschossen werden?“ fragte Schulz und schien es kaum glauben zu können.

Blau wurde ganz rot im Gesicht und begann sich aufgeregt zu verteidigen: „Erstens ist das nicht mein Hotel, und außerdem, woher sollte ich wissen, daß der Peruaner abgeknallt wird!“

Schulz drehte sich blitzschnell zu Blau um: „Was, ein Peruaner war der Tote, und das sagen Sie uns erst jetzt?“

„Ja, ein Peruaner. Soviel steht wenigstens in seinem Paß. Aber das wissen Sie doch, oder ist das nicht der Paß des Toten, den Sie in Ihrer Hand halten?“ fragte Blau.

Schulz legte peinlich berührt den Paß schnell auf den Tisch.

„Übrigens, bei dieser Gelegenheit, ist es bei Ihnen Usus, daß Leichen ihre Pässe bei sich haben? Ist es in Österreich nicht vielmehr üblich, daß Pässe in der Rezeption verwahrt werden?“ revanchierte sich Schulz bissig.

Blau, dem die ganze Situation erheblich an die Nieren zu gehen schien – außerdem machte er einen verrotzten und übermüdeten Eindruck, denn er schnüffelte unentwegt und hatte ganz blutunterlaufene Augen –, stotterte jetzt: „Na ja. Das mit den Pässen ist nicht so genau geregelt. Die meisten brauchen ihre Pässe sowieso, weil sie sonst keine Euroschecks einlösen können. Je nachdem ...“

Hirth schien eine Weile angestrengt nachzudenken und wollte schließlich von Blau wissen: „Sagen Sie mir, wieso hat ein Peruaner Euroschecks?“

Blau fühlte sich schuldig, wußte aber nicht, warum er sich schuldig fühlen sollte, und antwortete trotzig: „Woher soll ich wissen, ob ein Peruaner Euroschecks hat? Sie sind doch hier der Polizist!“

„Richtig! Gut beobachtet!“ bemerkte Schulz. „Wieso hatte dieser Mann seinen Paß bei sich? Wieso haben Sie ihn nicht in der Rezeption verwahrt, wenn Sie nicht einmal wissen, ob der Mann Euroschecks besaß oder nicht?“

Walter Blau holte tief Luft, bevor er antwortete: „Also, wie schon gesagt, für die Handhabung der Reisepässe gibt es bei uns keine fixen Bestimmungen. Zumindest hat mir mein Chef nichts davon erzählt. Außerdem hat der Peruaner bisher seine Rechnungen immer bezahlt. Plus ordentliches Trinkgeld."

Hirth und Schulz starrten den Nachtportier entgeistert an. Blau verdrehte die Augen und ging ein paar Schritte im Kreis.

„Verdammt, warum habe ich das nur sagen müssen?" warf sich Blau vor, als die beiden Polizisten gleichzeitig auf ihn einzureden begannen.

„Was, Sie kannten diesen Mann! Warum sagen Sie uns das nicht gleich?" rief Hirth empört. Und Schulz nahm den Reisepaß und begann aufgeregt darin zu blättern. Während er sprach, schaute er Blau vorwurfsvoll an: „In diesem Paß gibt es nur einen einzigen Einreisestempel nach Österreich!"

Hirth riß Schulz den Paß aus der Hand und blätterte ihn ebenfalls von vorne bis hinten durch, dann wandte er sich an Blau: „Sind Sie sicher, daß dieser Mann schon hier gewesen ist?"

„Ja. Ich glaube schon", flüsterte Blau.

Schulz brauste schon wieder auf: „Wissen Sie es jetzt, oder wissen Sie es nicht?"

Noch bevor Blau antworten konnte, interessierte Hirth, ob es eine Möglichkeit gäbe, das herauszufinden. Der Oberinspektor schien aufgeregt zu sein, er kramte eine Zigarette aus der Innentasche seines Regenmantels, den er trug, obwohl schon am frühen Morgen alles auf einen strahlenden Sommertag schließen hatte lassen, und steckte sie sich in den Mund. Dann suchte er vergeblich nach Feuer. Harry Schulz nahm Zünder vom kleinen Hoteltisch und zündete seinem Chef die Zigarette an. Dann ließ er die Streichholzschachtel in der ausgebeulten Tasche seines Leinensakkos verschwinden. Nachdem Hirth den ersten Zug tief inhaliert hatte, schaute er Blau mit gerunzelter Stirn an.

„Ja. Ich glaube schon", meinte Blau, „da müssen wir aber in die Rezeption gehen."

Hirth befahl Schulz, den Portier in die Rezeption zu begleiten, und außerdem wollte er jetzt mit dem Zimmermädchen sprechen: „Sei so lieb, Harry, und schick mir die Kleine herauf!“

Als Harry Schulz und Walter Blau in die Rezeption kamen, trafen gerade die Beamten vom Gerichtsmedizinischen Institut ein. Sie stellten einen riesigen Metallsarg in der Mitte der Halle auf den Boden. Einige Schaulustige drängten in seine Richtung, doch niemand wagte sich allzu nahe heran. Harry Schulz beschrieb den Beamten den Weg ins Zimmer, in dem der Tote abzuholen sei. Überflüssigerweise forderte er die beiden Männer auf, im Hotelzimmer keine Gegenstände zu berühren.

Walter Blau blätterte im Kalenderbuch, das vor ihm lag, und suchte nach Eintragungen, die auf den Namen Rodriguez lauteten. In diesem Moment tauchte der Tagportier, der Blau ablösen sollte, auf. Er trat hinter Blau, blickte über seine Schulter und fragte: „Was machst du denn noch hier?“

„Also, ich wär' auch schon lieber zu Hause, das kannst du mir glauben!“ sagte Walter Blau empört, dann fragte er Schulz: „Übrigens, ich bin schon abgelöst, brauchen Sie mich eigentlich noch?“

„Sie Komiker!“ empörte sich Schulz. „Ich möchte wissen, wann und wie oft dieser Peruaner hier gewesen ist!“

„Was für ein Peruaner?“ mischte sich der Tagportier ein und drängte Blau zur Seite.

„Der Peruaner mit dem Schnauzer. Der Geschäftsmann aus Lima, der schon zwei- oder dreimal dagewesen ist.“

„Ach, der ist die Leiche!“ bemerkte der Tagportier erstaunt und sagte zu Schulz: „Kein Unsympathler, anständige Trinkgelder, keine Extrawürste. Wenn Sie wissen, was ich meine?“

„Was hat der Mann in Wien gemacht?" wollte Schulz vom Tagportier wissen.

„Der war ein Geschäftsmann, soviel ich weiß."

„Was für ein Geschäftsmann? Welche Geschäfte hat der gemacht?"

Der Tagportier schaute fragend in Blaus erstauntes Gesicht:

„Keine Ahnung!" Und dann, zu Schulz gewandt: „Aber das müssen wir unsere Gäste nicht fragen ..."

An diesem Tag erwachte Irene Fiala gegen halb zehn Uhr auf dem Sofa ihres Wohnzimmers. Vor dem Aufwachen hatte sie einen ihrer Wohnungsträume geträumt. Im Prinzip handelte es sich dabei immer um ein- und denselben Traum: Sie bewohnte eine wunderschöne, blitzblank aufgeräumte Wohnung und entdeckte eine geheime Tür. Hinter dieser Tür kam ein riesiger Raum zum Vorschein. Zunächst freute sie sich immer wahnsinnig über ihre Entdeckung, doch schon bald erschreckte sie der desolate Zustand, in dem sich das riesige Zimmer befand. Wenn schließlich alles zusammenkrachte und ganze Mauerteile auf sie herabstürzten, wachte sie jedesmal wie gerädert auf. Sie faßte sich an den Kopf, rieb sich die Augen und setzte sich auf. Als sie ihre Beine auf den Boden stellte, stieß sie mit dem linken Fuß eine *Ballantines*-Flasche um. Nachdenklich hob sie die Flasche auf und konnte sich nicht erinnern, daß sie am Vorabend Whisky getrunken hatte. Viel konnte es aber auf keinen Fall gewesen sein, da sie weder Kopfschmerzen noch einen trockenen Mund hatte. Sie erhob sich und wollte ins Badezimmer. Als sie am ovalen Wohnzimmertisch vorbeiging, fiel ihr Blick auf einen Stoß Tarotkarten, die ihr ihre Psychotherapeutin Virginia Bosch zur Meditation verordnet hatte. Sie drückte die Karten an die Brust, mischte sie und legte alle 78, eine nach der anderen, fein säuberlich aneinandergereiht, auf den Tisch. Dann zog sie eine Karte für den heutigen Tag. Irene erschrak, als sie den „Teufel“ erblickte. Noch niemals hatte sie diese schauerliche Karte gezogen, und sie suchte aufgeregt nach ihrem Tarotbuch, um die Bedeutung der Karte zu erfahren.

„Große egoistische Tat, die sich weder um Gerechtigkeit noch um das Gesetz sorgt. Eine Karte ohne die geringste spirituelle Bedeutung ...“

Sie schaute sich das Bild auf der Karte genauer an. Ein Teufel mit riesigen Brüsten und einem gewaltigen Genital.

Er hatte Flügel und hielt ein zum Himmel gestrecktes, mächtiges Schwert in seinen Händen. Schnell klappte sie das Buch zu und ließ die Karte im Stoß verschwinden. Irene betrat das Badezimmer, ließ die Wanne vollaufen und vertraute ihren Körper einem herrlichen Schaumbad von *Estée Lauder* an. In der Badewanne fiel ihr plötzlich ein, daß Walter in der Nacht ein paarmal angerufen und lauter unzusammenhängenden Scheiß verzapft hatte. Wo blieb er eigentlich? Normalerweise war er an Sonntagen um diese Zeit schon zu Hause. Beim Gedanken an Walter erschienen auf ihrer Stirn leichte Sorgenfalten. Sie mochte gar nicht an ihn denken. So schön hatte alles begonnen. Wie ein Lebensretter war er ihr über den Weg gelaufen. Alle ihre Schwierigkeiten hatten sich, nachdem sie ihn kennengelernt hatte, in Luft aufgelöst. Aber bald stellte sich immer deutlicher heraus, daß sie sich mit einem Baby eingelassen hatte. Einer kaputten Type, wehleidig, großmaulig und obendrein mit schlechten Nerven. Seit sie dahintergekommen war, daß Walter Medikamente fraß wie andere Leute Lutschbonbons, stellte sie sich innerlich darauf ein, daß ihre Beziehung mit Walter nicht mehr ewig dauern werde. Als Irene das Badezimmer verließ, ging es ihr schon um einiges besser. In der Küche braute sie sich einen Mokka, dann wog sie auf einer Küchenwaage hauchdünnes Bündnerfleisch. Als sie die Wohnungstür mit einem lauten Krach ins Schloß fallen hörte, wußte sie im ersten Moment nicht, ob sie besorgt oder erfreut sein sollte. Sobald sie Walters Gesicht in der Küchentüre erblickte, entschied sie sich für ersteres.

Der Mann pfiff aus dem letzten Loch, und Irene begann sich bei Walters Anblick beinah zu fürchten. Sein Gesicht, das ihr vor ein paar Monaten noch als das schönste auf der Welt erschienen war, war übersät mit hektischen roten Flecken. Seine Augen blickten starr geradeaus, waren weit aufgerissen und bestanden fast nur noch aus Pupillen. Walters Haar klebte verschwitzt an seiner Kopfhaut. Irene wollte gerade aufstehen und auf dieses Menschenbündel zugehen, doch Walter ließ sich auf die Knie fallen und vergrub seinen Kopf in ihrem Schoß. „Bist du krank?“ flüsterte sie, und als sie durch die Nase tief Luft holte, mußte sie sich fast übergeben, denn Walter hatte die Ausdünstung einer ausgewachsenen Chemiefabrik. Sie würgte ihren Ekel und ihren Kaffee zurück in den Magen und mußte sich sehr überwinden, bevor sie Walter mit der flachen Hand am Hinterkopf berührte.

Er vergrub seinen Kopf noch tiefer in Irenes Schoß, hechelte nach Luft und sagte: „Der Konrad hat heute in der Nacht den Peruaner erschossen!“

Walter sprach so leise, daß ihn Irene nicht verstand. Sie tätschelte seinen Kopf und sagte: „Ist schon gut. Trink erst einmal einen Kaffee, und dann ab mit dir in die Badewanne!“

Jetzt schlug er seinen Kopf ein paarmal fest gegen Irenes Knie und fragte beschwörend: „Kapierst du nicht? Heute in der Nacht ist im Hotel ein Peruaner ermordet worden! Und ich war dabei!“

Irene sprang auf, und Walter wäre beinah hintenüber auf

den Boden gefallen. Im letzten Moment fand er sein Gleichgewicht wieder.

„Was sagst du da?“ kreischte Irene auf. „Bist du besoffen?“

„Natürlich bin ich besoffen! Besoffen und überhaupt ...“

Jetzt stand Walter schwankend auf seinen zwei dünnen Beinen. Er fuchtelte mit den Armen in der Luft herum, schlug sich mit der flachen Hand auf die Stirn und schrie hysterisch lachend: „Und ich Idiot ruf' gestern noch stundenlang beim Sommer an. Alles wegen ein paar vertrottelter *Captagon*! Übrigens, der Sommer war auch dabei. Mit dem muß ich mir sowieso noch etwas einfallen lassen.“

Irene war die ganze Situation unheimlich. Sie wollte etwas Ordnung in das Durcheinander bringen, deshalb fragte sie: „Welcher Peruaner? Welcher Konrad? Welcher Sommer?“ Blaus außergewöhnlicher Erregungszustand schüchterte sie ein, deshalb forderte sie ihn mit ruhiger Stimme auf, sich an den Tisch zu setzen und alles schön der Reihe nach zu erzählen.

Blau suchte in sämtlichen Taschen nach Zigaretten, brachte eine Packung *Camel* zum Vorschein und bemerkte, daß sie leer war. Er begann beinah zu weinen.

„Ich brauche unbedingt eine Zigarette! Irene, hast du keine Zigarette für mich?“

Irene blickte ihn angewidert an und sagte vorwurfsvoll: „Aber du weißt doch, daß ich nur ab und zu rauche.“

Als sie kapierte, daß Walter wirklich eine Zigarette brauchte, ging sie ins Vorzimmer, öffnete einen großen Schrank und begann ihre sämtlichen Handtaschen zu durchsuchen. Schließlich fand sie eine halbvolle Packung *Eve*. Als Walter die Zigaretten sah, begann er wüst zu schimpfen, daß ein normaler Mensch unmöglich so ein vertrotteltes Kraut rauchen könne. Er steckte sich aber, nachdem er den Filter abgerissen und in eine Ecke geschleudert hatte, eine dieser dünnen Damenzigaretten in den Mund. Er sog den Rauch tief in seine Lungen, bevor er sagte: „Der Konrad hat den Peruaner umgebracht, wir haben alles durch das Schlüsselloch beobachtet, und jetzt kommt das Beste: Seine Schuhe hab' ich!"

Er stürzte sich auf Irene, umarmte sie stürmisch und schrie in ihr Ohr: „Wir sind reich! Stell dich gut mit mir. Im Moment bin ich die beste Partie!" Walter zwinkerte Irene zu und fragte: „Verstehst, Baby?"

Doch Irene verstand noch immer nichts. Sie wollte weg von der Vorzimmertür, vermutete instinktiv, daß es besser wäre, wenn diese Geschichte den Nachbarn nicht bekannt würde, und ging wieder in die Küche. Bevor sie die Tür zumachen konnte, ging Walter noch einmal ins Vorzimmer, kam aber gleich darauf zurück und stellte eine abgegriffene Sporttasche aus Plastik auf den Tisch. Er brachte ein paar verschmutzte Hemden und Handtücher zum Vorschein, in die ein Paar ockergelber Schuhe eingewickelt war. Irene nahm einen der Schuhe in die Hand. Die Sohle war halb heruntergerissen, und zwischen Leimklümpchen und ein paar verbogenen Nägeln klaffte in der Mitte ein ziemlich großes Loch.

Plötzlich riß Walter den Reißverschluß seiner *Levis* auf und begann sich seine Hose schnell auszuziehen. Noch bevor Irene Zeit fand, sich zu überlegen, ob ihr die Sinne im Moment nach einem Sexualabenteuer standen, sah sie eine bemerkenswerte Wölbung an der Innenseite von Blaus Oberschenkel. Dort hatte er nämlich das Kokain, mit einem braunen, zirka zwei Zentimeter breiten Klebeband, befestigt. Irene ließ sich auf einen Küchenstuhl fallen und zündete sich auch eine *Eve* an.

Wie wild begann Blau jetzt an diesem Klebeband zu zerren und zu reißen. Da er das Kokain sehr sorgfältig an seinem überaus behaarten Oberschenkel festgeklebt hatte, riß er eine Lade auf und nahm ein gigantisches Küchenmesser zu Hilfe. Er schien von Schmerzen vollkommen unbeeindruckt. Als schließlich der weißliche Klumpen, der in schmutziges Plastik eingehüllt war, auf den Boden fiel, war sein Oberschenkel blutrot.

Irene starrte gespannt auf das Kokain. Mit heruntergelassener Hose fischte Blau eine Bankomatkarte aus seinem Portemonnaie, riß das Plastik auf und legte zwei beachtliche Brocken des gepreßten Pulvers, das mattweiß schimmerte, auf den Küchentisch. An der Art und Weise, wie behutsam er einen der beiden Brocken zerstampfte, erkannte man, daß er ein wahrer Liebhaber dieser Droge sein mußte. Mit der Bankomatkarte schob er geschickt vier Linien zusammen, rollte einen ziemlich verdreckten Fünfhunderter zu einem Röhrchen – ein Fünftausender wäre ihm passender erschienen, war aber in seiner Geldtasche nicht vorhanden –, steckte ihn sich ins rechte Nasenloch und leitete über den gerollten Geldschein das Kokain direkt in sein Gehirn. Dann legte er beide Zeigefinger an die Nasenflügel und saugte noch einmal lautstark auf, bevor er seine ausgestreckten Hände zur Seite schleuderte. Er reichte den Geldschein Irene und machte mit dem Kopf eine Bewegung in Richtung der drei Linien, die noch immer auf dem Tisch waren. Irene wußte nicht recht, was sie tun sollte. Als Blau ihr Zögern bemerkte, begann er haßerfüllt zu brüllen: „Du bist das absolut blödeste Weib, das mir in meinem ganzen Leben untergekommen ist. Das darf nicht wahr sein! Da sitzt diese blöde Kuh vor einer aufgelegten Linie aus allerreinstem Kokain und glotzt deppert aus der Wäsche!“

Er riß ihr den Geldschein aus der Hand und fragte sie dabei: „Weißt du überhaupt, wieviel so etwas kostet? Was dieses Zeug wert ist, du Trampel? Dafür ...“, er machte eine ausholende Bewegung über den ganzen Tisch, „hat der Konrad den Peruaner umgebracht! Und ich, *ich* schmuggel den Stoff vorbei am versammelten Morddezernat der Kriminalpolizei von ganz Wien, heraus aus dem Hotel, leg' alles vor dir auf den Tisch und *du* ...!“, er begann beinahe zu weinen, „schaust nur blöd. Irene, Irene! Du bist keine Frau für mich. Du bist zu dumm für dieses Leben.“

Irene nahm Walter den zusammengerollten Geldschein aus der Hand, steckte ihn tief in ein Nasenloch und fuhr mit dem Gesicht, knapp am Kiefernholz des Küchentisches, hingebungsvoll der weißen Linie nach.

Der Chef des Morddezernats, Oberinspektor Adolf Hirth, saß hinter seinem Schreibtisch. Harry Schulz ging vor dem Schreibtisch nervös auf und ab. Auf dem Tisch lagen mehrere Gegenstände, die dem Toten gehört hatten.

Der Tote hieß Manúel Rodriguez-Sologuren. Er war 31 Jahre alt. Die Recherchen in den Hotelaufzeichnungen hatten ergeben, daß dieser Mann bereits zum fünften Mal, immer für einige Tage, im Hotel *Atlantis* abgestiegen war. Allerdings war er mit dem Paß, der jetzt vor Adolf Hirth lag, zum ersten Mal nach Österreich eingereist. Der Oberinspektor sagte mehr zu sich selbst als zum kleinen Kommissar Schulz: „Ich habe mich bei der Grenzpolizei erkundigt. Es ist unmöglich, meinte der Beamte, den ich gefragt habe, daß bei Passagieren kein Sichtvermerk in den Paß gestempelt wird, besonders nicht, wenn es sich um einen peruanischen Paß handelt.“ Schulz hatte sich diese ganze Paßgeschichte schon vor Stunden durch den Kopf gehen lassen.

„Der Paß, den wir hier haben, ist vor knapp einem Jahr ausgestellt worden, und der Tote war in diesem Zeitraum mindestens fünfmal in Wien, immer im Hotel *Atlantis*. Darüber sind sich alle Hotelbediensteten einig", sagte Schulz und schaute Hirth fragend an. Hirth wandte sich von Schulz ab: „Na und? Das heißt soviel wie gar nichts. In Peru oder dort, wo der herkommt, kann man sich so einen Paß vielleicht an jeder Ecke um ein paar Hunderter kaufen."

„Dollar?" wollte Schulz wissen. Diese Art von Fragen beantwortete Hirth schon seit längerer Zeit nicht mehr, sondern er sagte ruhig und nachdenklich: „Vielleicht hatte der Mann zwei Pässe oder mehrere?"

„Wenn ich zwei oder mehrere Pässe hätte, würde ich mir aber in jedem Paß einen anderen Namen zulegen", überlegte Schulz. „Im *Atlantis* hat er sich immer Rodriguez genannt!"

Hirth nahm das lederne Adreßbuch des Toten, das vor ihm auf dem Schreibtisch lag, blätterte eine Weile darin und meinte dann anerkennend: „Scheint ein Weltenbummler gewesen zu sein, unser Rodriguez. Aber außer dem Hotel *Atlantis* gibt es keine weitere Wiener Adresse."

Schulz nahm Hirth das Adreßbuch aus der Hand. Auch er blätterte darin und las einige Adressen laut vor. Er stutzte und hielt Hirth eine aufgeschlagene Seite unter die Nase. Adolf Hirth war weitsichtig und bog seinen Kopf weit zurück. „Klaus Pühringer, aus Düsseldorf! Da kommen wir wenigstens schon in die Nähe unserer Breiten. Geh, Harry, sei so lieb und bring dieses Adreßbuch unseren Kollegen vom Erkennungsdienst und mach dir für morgen vormittag einen Termin mit dem peruanischen Konsul oder Botschafter, was weiß ich, aus! Vielleicht können die etwas über den Peruaner herausfinden. Und bevor du nach Hause gehst, hol noch die Unterlagen aus der Gerichtsmedizinischen!"

Harry Schulz schnappte sich das Adreßbuch, das jetzt wieder vor Hirth lag, und ging aus dem Zimmer.

erfrieren

unter den berührungen
eiskalter, blutleerer
hände.
er schmückt meine lider mit saphirblauen
veilchen.

drogen sind überflüssig geworden:
jetzt weiten sich unsre pupillen
am entsetzen des andren.

mit der schwere unsrer glieder
erdrücken wir:
goya und
photoalben längstvergangner tage.

wir spreizen unsre münder
und werfen uns die
unregelmäßigkeit der zähne in den
rachen!

ausgefahrene krallen bohren wir in
unsre herzen.
blutspuren werden getrocknet und aufbewahrt
für museen
nichtvorhandener, künftiger generationen.

auf bildschirmen befreien wir
prinzessinnen.
helden im labyrinth der technik.
pygmäenstämme laden uns ein
auf baumstämmen zu ruhen.
aber wir:
fahren nach Mauthausen!
ich tue mir leid
und du

```
zählst die toten.

wir machen kein feuer

fenster und türen bleiben geschlossen:
auf daß kein frühlingslüftchen
unsre herzen erwärme.

Olga Saah.
```

Olga saß auf einem Barhocker in der Mitte eines Zimmers, in dem es weit und breit keine Bar gab.

Die Dichterin lebte im Substandard. Der einzige wertvolle und eventuell verkäufliche Gegenstand war ein IBM-Computer, der verlassen auf einem wackeligen Schreibtisch in einer Ecke stand. Eine Leihgabe der Firma *Anaconda* Ges. m. b. H. & Co. KG., für die Olga freiberuflich und dann, wenn sie nüchtern genug war, Schreibarbeiten übernahm. Als die letzte Zeile ihres Gedichts im Raum verklungen war, sah sie Harry Schulz mit einem dramatischen Blick tief in die Augen.

„Na und?" wollte sie wissen.

„Super! Einfach *überwältigend*!"

„Was ist überwältigend? Was ist super?"

„Einfach alles. Das ganze Gedicht! Und natürlich du!"

„Aber was im besonderen?" Sie äffte Harry Schulz nach: „Einfach alles. Das ganze Gedicht. Das ist mir zuwenig. Was fühlst du, wenn du dieses Gedicht hörst?"

Harry Schulz überlegte angestrengt. Er wollte etwas Gescheites sagen und stotterte ein bißchen, als er meinte: „Ich finde, es klingt traurig! Überhaupt alles, was du schreibst, klingt so wahnsinnig traurig."

Olga schrie und wäre beinahe mit dem Barhocker umgekippt: „Aber das ist doch ein kompletter Unsinn! Da sieht man wieder einmal, daß du nicht und nicht auf mich eingehen kannst. Erstens vergißt du permanent, jetzt hätte ich beinah am laufenden Band gesagt, daß es so etwas wie Ironie gibt. Ich vertrottel schon ganz neben dir."

Harry schluckte betroffen: „Nein, so war das nicht gemeint. Ich wollte natürlich sagen, daß es schon so etwas wie Ironie gibt. Aber ich kann die Ironie in diesem Gedicht nicht erkennen."

„Da, in diesem speziellen Fall", meinte Olga, „muß ich dir sogar einmal recht geben."

Olga hatte sich eine Zigarette in den Mundwinkel gesteckt und versuchte vergeblich, einem winzigen rosaroten Feuerzeug einen Funken zu entlocken. Harry wollte ihr helfen, aber das Feuerzeug war nun einmal leer. Er suchte auf Olgas Schreibtisch und auf dem vollgeräumten Eßtisch, an dem er Platz genommen hatte. Er wühlte in den Taschen seines Sakkos, das über die Stuhllehne gelegt war, und fand darin Streichhölzer. Olga ließ sich Feuer geben. Sie lächelte Harry an, und Harry wollte sie küssen. Olga wandte sich enttäuscht ab. „Verdammt!" Sie stand auf und wich in die Ecke zurück, in der der Computer stand. Dann begann sie zu schreien: „Was bildest du dir überhaupt ein? Du glaubst, du läßt mich großzügigerweise ein Gedicht vorlesen, und dann hüpf ich mit dir hinein in die Kiste und verwandle mich, ruck zuck, im Handumdrehen in eine Fellatio-Expertin! Ihr mit euren verschissenen Männerphantasien hängt mir zum Hals heraus! Zum Hals, verstehst du?" Olga drehte ihr schönes Profil in den Schein einer Tischlampe, schlug sich mit der flachen Hand auf die Stirn und streckte ihre überlange Zunge weit aus ihrem dunkelviolett geschminkten Mund. Als Zeichen des Abscheus. Harry war erschrocken. Er hatte vorgehabt, Olgas gute Laune nicht zu zerstören, fürchtete, daß es ohnehin schon zu spät war, und nahm wieder artig auf seinem Sessel Platz. Nervös und verlegen drehte er die Zündholzschachtel zwischen seinen Fingern. Er erblickte die Aufschrift, bekam einen nachdenklichen Gesichtsausdruck und erstarrte: „*Atahualpa* – Essen in exotischer Atmosphäre." Das X von „exotischer" war so geschrieben, daß man bei beiläufigem Hinsehen auch „erotischer" hätte lesen können. „*Atahualpa. Atahualpa*?" flüsterte er und las die Adresse, die auf der Streichholzschachtel stand.

„Was meinst du?" fragte Olga gedehnt. „Ich kann dich nicht verstehen, wenn du so murmelst."

Harry sprang auf und schlüpfte in sein Sakko. Olga schaute ihn erstaunt an. Er nahm seinen Schlüsselbund und die Streichhölzer und steckte sie in die Tasche seines Sakkos.

„Du, Olga, ich muß noch einmal weg!"

„Du mußt was?" Olga verstand ihn nicht so richtig.

„Ja, ich muß noch einmal weg! Aber ich ruf dich an. Ich habe etwas Dringendes vergessen." Er ging auf die erstaunte Frau zu, drückte ihr, Unnahbarkeit hin, Unnahbarkeit her, einen schmatzenden Kuß auf die Wange und verließ die Substandardwohnung.

Nach einer Weile hörte Olga in ihrem straßenseitig gelegenen Zimmer, daß das Haustor ins Schloß fiel. Sie spuckte einen ausgeleierten Kaugummi knapp neben den überquellenden Aschenbecher.

Irene spürte einen Strom Lava zwischen ihren Beinen. Walter hatte einen Brocken Kokain zwischen seinem befeuchteten Daumen und Zeigefinger zerrieben und das Pulver mit viel Spucke auf ihren äußeren Geschlechtsorganen verschmiert. Sie spürte die Kälte des Kokains nach innen kriechen und hatte ein Gefühl wie beim Zahnarzt. Als hätte er ihr die Betäubungsspritze nicht in den Mund, sondern in ihre Schamlippen gegeben.

Irenes Gehirnzellen tanzten Tango, mindestens. Wie die meisten Menschen, die Kokain zum ersten Mal in ihrem Leben probieren, wurde sie von einer unbeschreiblichen Euphorie ergriffen. Sie dachte an den Teufel aus den Tarotkarten und gab sich, unterstützt von viel Alkohol und Nikotin, diesen irdischen Sexualgenüssen hin. Walters Schweiß und Ausdünstung machten ihr nicht einmal mehr das geringste aus. Sie fetzte die Bettdecke auf den Boden und suchte mit ihrer Zunge die Elefantenhaut von Walters Eiern. Als er laut aufstöhnte, nahm sie seinen Schwanz in den Mund, steckte ihn sich tief in die Kehle und massierte ihn aufopfernd mit der Zunge. Nachdem sie mit ihrem Tun eine beeindruckende Erektion ausgelöst hatte, drückte Walter Irenes Kopf weit nach hinten, drehte sie auf den Rücken und spreizte ihr die Beine weit auseinander. Dann legte er sich auf sie und begann sie mit der Hingabe und Hoffnungslosigkeit eines Kokssniffers zu ficken.

Obwohl Irene ihre Geilheit bis in die letzte Haarwurzel spürte, konnte sie sich, abgesehen von ihren ersten Sexualabenteuern, nicht daran erinnern, jemals eine so ausgetrocknete Scheide gehabt zu haben. Als nach stundenlanger Rackerei, Irenes Geschlecht war zentimeterdick angeschwollen, noch immer kein Orgasmus zustande gekommen war, bildete sich Walter einen Herzanfall ein. Sein Kreislauf krachte mit der Wucht eines sterbenden Elefanten über den beiden zusammen und zwar so plötzlich, daß Irene gellend aufschrie und ihr Dr. Kurt Jeschko, ein während eines Sexualaktes verschiedener Sportreporter, in den Sinn kam.

Walter lag mit weit aufgerissenen Augen auf ihr und röchelte wie ein Sterbender. Irene wollte ihn umarmen, ihn fest und tröstend an sich drücken, doch das war ganz falsch. Er bäumte sich auf und stieß sie heftig von sich. Verzweifelt rang er nach Luft. „Irene, ich brauch' einen Arzt, sofort! Bitte, bitte, hilf mir!"

Irene stand auf und nahm Walters Hand. Sie erschrak, als

sie bemerkte, daß diese eiskalt war. Er war ganz blau im Gesicht, faßte sich an die Herzgegend und wollte auf der Stelle einen Arzt. „Hol einen Arzt! Hol mir sofort einen Arzt!"

Irene ging vor dem Bett auf und ab und bemerkte erst jetzt das Ausmaß der Verwüstung. Zigarettenstummel waren im ganzen Zimmer verstreut. Der halbe Whisky war nicht in ihre Kehlen, sondern in den Teppichboden gesickert. Sie sah, daß sich Walter umgedreht hatte, und versuchte den Idioten zur Vernunft zu bringen. „Aber Walter, was ist denn auf einmal los mit dir? Vor fünf Minuten ist es uns doch noch gutgegangen. Und überhaupt! Ich kann doch jetzt keinen Arzt holen. Wenn der sieht, wie es hier ausschaut, ruft der doch sofort die Polizei!"

Walter blinzelte sie haßerfüllt an und krächzte: „Du Drecksau, zuerst versniffst du mein ganzes Koks, und jetzt läßt du mich krepieren wie einen Hund!"

Irene erschrak: „Aber Walter, wer wird denn hier so schnell krepieren?" Sie mußte lachen.

Das brachte Walter noch mehr in Rage, blitzschnell schwang er sich in die Höhe und bekam Irene am Hals zu fassen. Er drückte sie mit einer Kraft, die für einen Sterbenden unglaublich war, mit dem Kopf in die Matratze. Irene bekam es mit der Angst zu tun und wagte es nicht mehr, auch nur ein Sterbenswörtchen zu sagen.

Walter zischte: „Wenn du nicht sofort den Notarzt anrufst, dann bring' ich dich um!"

Er stieß Irene vom Bett, daß sie mit ihrem Steißbein auf der Kante des Bleikristallaschenbechers aus Tschechien, den sie von ihrer Schwester als Hochzeitsgeschenk bekommen hatte, zu sitzen kam. Jetzt war sie vom Ernst der Lage überzeugt und sagte: „Natürlich, Walter, ich hol' sofort einen Arzt." Nackt, wie sie nun einmal war, ging sie ins Nebenzimmer und wählte die Nummer des Notarztdienstes. Als sie die

Adresse durchgegeben hatte, schlüpfte sie in Blue Jeans und einen Pullover, bevor sie sich hektisch daranmachte, die Wohnung aufzuräumen. Irene war einer jener Menschen, die keinen Besucher empfingen, bevor sie die Wohnung nicht bis ins letzte Eck geputzt haben. Sie ging ins Bad, brachte ihr Gesicht in Ordnung und kramte dann im Medikamentenfach des *Alliberts.* In einem leeren *Scherrer-2*-Etui fand sie eine fast volle Packung *Rohypnol* und drückte vier Stück der weißen Tabletten auf ihre Handfläche. Sie lief in die Küche, ihr Blick fiel auf die aufgerissenen ockergelben Schuhe, die Küchenwaage und das schmutzige Frühstücksgeschirr, das immer noch auf dem Tisch stand. Sie nahm die Schuhe, vergewisserte sich, daß sie auch wirklich leer waren, und stopfte sie in den Mülleimer, der glücklicherweise, dieses eine Mal, nicht voll war. Dann wischte sie die Waagschale schnell mit einem Geschirrtuch ab und nahm aus dem Kühlschrank einen Multivitamintrunk. Damit hetzte Irene zurück ins Schlafzimmer. Bevor sie es wagte, Walter anzusehen, meinte sie wie beiläufig und mit dem Tonfall einer Expertin in Medikamentenkunde: „Schau, Walter, ich hab' da ein paar Schlafpulver, *Rohypnol*, entdeckt, vielleicht bringen die was?" Walter stöhnte noch immer, war aber auf der Stelle hellhörig. „Woher hast du die?" wollte er wissen.

„Die hat mir meine Hausärztin verschrieben, damals, als ich meinen Mann verlassen hab' und es mir so wahnsinnig schlecht gegangen ist." Walter rappelte sich im Bett auf und schaute ihr verächtlich ins Gesicht: „*Rohypnol*? Du machst wohl einen Witz! Ich bin beim Abkratzen, und du willst mir *Rohypnol* geben!" Irene beteuerte, daß der Notarzt ohnedies schon unterwegs sei und sie sich gedacht hätte, die Schlafpulver könnten vielleicht ...

Blau nahm die Tabletten, die sie ihm zeigte, aus ihrer Hand und steckte sie sich, immer zwei auf einmal, in den ausgedörrten Mund. An dem Vitaminsaft verschluckte er sich ein paarmal und verschüttete einen guten Teil davon im Bett. Irene ging zurück ins Badezimmer und kam mit einem nassen Waschlappen und einem Handtuch wieder. „Laß dir dein Gesicht abwischen, so wie du ausschaust!" Dieses Argument schien Walter irgendwie einzuleuchten, denn er ließ sich von ihr willig das Gesicht waschen und trocknen. Irene legte schon wieder die totale Aktivität an den Tag. Sie schüttelte die Pölster auf und zog das Leintuch gerade. Die Rollos wurden hochgezogen und alle Fenster weit aufgerissen. Dann holte sie den Staubsauger und beseitigte die Schmutzspuren auf dem Teppichboden. „Außerdem ...", wollte sie schließlich von Walter wissen, „wo soll ich das Kokain verstecken?" Walter fuhr auf und schien seinen Todeskampf für eine Weile zu vergessen. Er sprang aus dem Bett und lief in die Küche. Das Kokain lag noch immer mitten auf dem Tisch. Nachdem er eine Weile ein geeignetes Versteck gesucht hatte, kam ihm die Idee, daß das Zeug im Kühlschrank am besten aufgehoben sei, da bleibe es wenigstens frisch. Er beobachtete Irene, wie sie das Kokain hinter den Sonntagsschnitzeln versteckte. Irene wusch alle Aschenbecher mit heißem Wasser aus, sie lüftete die Küche und fragte Walter, der immer wieder den Kühlschrank öffnete und nach dem Stoff sah, was eigentlich mit den Schuhen passieren solle.

„Uijeh, diese gottverdammten Schuhe, die müssen natürlich verschwinden! Was ist das nur für eine unwürdige Wohnsituation, wo einer ganzen Familie nicht einmal eine einzige Feuerstelle gegeben ist?"

Irene war ganz schön angefressen, als sie antwortete: „Nein, wir haben keinen Kohleofen und auch keinen offenen Kamin. Und im Backrohr oder im Mikrowellenherd können wir die Schuhe auch nicht verbrennen, oder?"

Walter ging zurück ins Schlafzimmer und sprang ins Bett,

er zog sich die Decke bis zum Hals und jammerte wieder, daß er jeden Augenblick ex gehen könne.

„Aber die Schuhe? Du warst es schließlich, der sie angeschleppt hat. Was soll nur mit den Schuhen passieren?"

In diesem Moment klingelte es an der Wohnungstür. Walter und Irene fuhren zusammen. „Das muß der Notarzt sein!" flüsterte Irene und starrte Walter fragend an. „Dann mach ihm auf, und zwar schnell!"

Irene ging ins Vorzimmer, schaute durch den Spion und entriegelte die Wohnungstür. Ein junger Arzt trat ein. „Sind Sie krank?" wollte er von ihr wissen. „Nein, nein", stotterte Irene, „es handelt sich um meinen Mann, besser gesagt um meinen Bekannten, dem geht es mehr als schlecht."

Sie ging voraus, der junge Arzt folgte ihr, sie öffnete die Schlafzimmertür und ließ dem Arzt den Vortritt. Walter blinzelte leidend aus den Kissen und begann den Arzt sofort anzujammern: „Herr Doktor, bin ich froh, daß Sie da sind. Mir geht es echt miserabel!"

Der Arzt nahm auf der Bettkante Platz, machte seine Tasche auf und brachte ein Stethoskop zum Vorschein. „Was haben wir denn?" fragte er und begann Walters Oberkörper abzuhören.

„Herr Doktor, wissen Sie, ich bin Student, und mein Stipendium wurde mir gestrichen. Ich arbeite als Nachtportier in einem Hotel, ich hab' so wahnsinnig viel gelernt ..."

„Pst, pst", machte der Arzt, den Walters Pulsfrequenz schwer beeindruckte. Er forderte Walter auf, tief einzuatmen und die Luft so lange wie möglich anzuhalten. Nach einer Weile fragte ihn der Arzt streng: „Haben Sie geraucht oder irgendwelche Medikamente genommen? Getrunken?"

Blau schaute den Arzt verzweifelt an und legte viel Unschuld in seinen Blick. Er griff sich an den Kopf und stöhnte:

„*Thomapyrin, Adolarin* und wie die alle heißen, und etwas zu viel getrunken dürfte ich auch haben." Er ließ sich in die Kissen zurückfallen und sagte: „Ich *muß* diese Prüfung unbedingt schaffen! Ich bin mit meinem Studium schon ein wenig spät dran, wissen Sie?"

„So schaffen Sie gar nichts!" meinte der Arzt und wühlte in seiner Tasche herum.

Blau begann wieder zu jammern: „Darf es so etwas geben, Herr Doktor? Mir geht es ganz schlecht. Hundsmiserabel! Ich brauche ein Beruhigungsmittel. Ich bin dauernd so aufgeregt, ich kann gar nicht mehr schlafen vor lauter lernen!"

Der Arzt gab eine kurze medizinische Erklärung ab und meinte dann gütig: „Ich geb' Ihnen eine Spritze. Und Sie bleiben mir im Bett. Soll ich Sie krank schreiben?"

Blau wollte schon ja sagen, aber da mischte sich Irene, die alles vom anderen Ende des Bettes aus beobachtet hatte, ein und sagte scharf: „Nein, krank schreiben brauchen Sie ihn nicht. Er hat jetzt sowieso Urlaub."

„Das ist gut", meinte der Arzt, „in diesem Zustand kann man sowieso nichts forcieren, packen Sie die ganze Sache etwas vernünftiger an. Achten Sie auf Ihren Kreislauf. Ernähren Sie sich gesund, vergessen Sie die Zigaretten und gehen Sie lieber öfter an die frische Luft!"

Er nahm eine Spritze und schälte sie gekonnt aus dem Plastik, dann sägte er behutsam den Kopf einer *Valium*-Ampulle ab und füllte den Inhalt in die Einwegspritze. Die leere Ampulle kam auf das Nachtkästchen, auf dem vor kurzem noch das Kokain gelegen war. Er befahl Blau, sich auf den Bauch zu drehen und das Gesäß freizumachen. Das ließ sich Blau nicht zweimal sagen. Blitzschnell drehte er sich um und zog seine Unterhose, mit der er sich, kurz vor dem Arztbesuch, bedeckt hatte, bis zu den Knien. Langsam drückte der Arzt den Inhalt der Spritze mit einer Sechzehnernadel in

Blaus Gesäßmuskel. Walters Gesicht entspannte sich. Als sich der Arzt verabschiedete, wirkte Walter zufrieden und recht zuversichtlich.

Im Wohnzimmer regelte Irene Fiala das Problem mit dem nichtvorhandenen Krankenschein. Sie bezahlte 300 Schilling, und der Arzt stellte ihr eine Rechnung aus. Er erklärte ihr, wie sie das Geld von der Krankenkasse zurückfordern konnte. Anerkennend betrachtete er Irenes schlanke Figur und forderte sie beim Hinausgehen auf, Blau nur leichte Kost zu verabreichen und ihm klarzumachen, daß in seinem Zustand lernen sowieso keinen Sinn hätte. Und er solle auf gar keinen Fall rauchen. Als sie an der Wohnungstür ankamen, drehte sich der Arzt noch einmal um und zwinkerte ihr, während er „Bei Ihnen ist er ja in guten Händen!" sagte, zu.

„Aber natürlich, Herr Doktor, ist er bei mir in guten Händen", meinte Irene, die ihr bestes Lächeln aufgesetzt hatte, bevor sie sich beim Arzt für sein schnelles Kommen herzlich bedankte und sich verabschiedete.

Sie ging in die Küche und sah nach dem Kokain im Kühlschrank. Als sie ins Schlafzimmer kam, stellte sie erleichtert fest, daß es Walter wieder wunderbar ging.

„Komm her, Irene, setz dich zu mir, oder noch besser, leg dich auch ins Bett!" Irene war putzmunter und energiegeladen und sagte zu Walter, daß er versuchen solle, doch ein wenig zu schlafen. Walter gebärdete sich wie ein Baby, als er bemerkte, daß Irene aus dem Zimmer gehen wollte, und rief: „Dableiben! Bei mir bleiben! Nicht weggehen!"

Irene setzte sich auf die Bettkante und umarmte ihn. Sie bedeckte sein bleiches Gesicht mit Küssen. Erleichtert bemerkte sie bald, daß die Beruhigungsmittel ihre Wirkung taten und Walter Blau sanft einschlummerte.

Harry Schulz ging langsam durch die Wiener Innenstadt. Er führte, wie so oft, mit sich selbst einen Monolog. Die Zündholzschachtel hatte er im Hotelzimmer des Peruaners gedankenlos in sein Sakko gleiten lassen, nachdem sich sein Chef eine Zigarette angesteckt und er ihm Feuer gegeben hatte. Das war natürlich ein schwerer Fehler. Er konnte die Leviten, die ihm dieser alte Kotzbrocken lesen würde, schon hören.

Allerdings hatte er dadurch einen riesigen Vorsprung gewonnen. *Atahualpa*, das war ein Lokal, über das es viele Gerüchte gab. Da mußte natürlich nichts dahinterstecken, aber andererseits wußte Harry, daß die Polizei von solchen Gerüchten lebte. Er selbst war noch nie im *Atahualpa* gewesen. Das war eher eine Absteige für Olga, die, obwohl sie fast nie Geld eingesteckt hatte, überall munter drauflos konsumierte. Vielleicht hätte er sie fragen sollen. Aber er wußte, wie sehr sie im Grunde seine kriminalpolizeiliche Arbeit haßte. Außerdem hätte sie dann sicherlich mitkommen wollen, sich total angesoffen und möglicherweise allen Leuten erzählt, daß er ein Kriminalpolizist der Mordkommission war. Nein, da war es so schon besser. Diesen Auftrag mußte er geschickt und im Alleingang ausführen. Wahrscheinlich handelte es sich bei den Gästen des *Atahualpa* wie bei all diesen Lokalen um eine Insiderklientel. Auf gar keinen Fall würde er dort aufmarschieren und sich als Polizist zu erkennen geben. Er wollte den Eindruck erwecken, daß er irgendwie dazugehörte, hatte aber keine Ahnung, wie er das anstellen sollte. Ein Blick auf seine Armbanduhr sagte ihm, daß es acht Uhr abends war. Er ließ sich den heutigen Tag noch einmal durch den Kopf gehen. Um halb elf erreichte sie im Dezernat die Nachricht, daß im Hotel *Atlantis* ein Mann tot aufgefunden worden war. Zweieinhalb Stunden später hatten sie mit den Gegenständen, die dem Toten gehörten, das Hotel wieder verlassen. Im Reisepaß des Toten gab es nur einen einzigen

Einreisestempel nach Österreich. Allerdings war er im letzten halben Jahr mindestens fünfmal in Wien gewesen. Aus dem Adreßbuch war ersichtlich, daß der Mann eine ganze Menge Leute gekannt hatte. Bis auf das Hotel *Atlantis* gab es keine weitere Wiener Adresse oder Telefonnummer. Aber diese Streichholzschachtel – er griff in seine Sakkotasche und vergewisserte sich, daß sie noch da war – rückte die Zusammenhänge in ein völlig neues Licht. Das *Atahualpa* war ein Treff für Kokainsüchtige, soviel wußte Harry Schulz, ohne daß er sich mit der Drogenpolizei ins Einvernehmen gesetzt hatte. Die Untersuchungsergebnisse des kriminaltechnischen Labors hatten ergeben, daß der Peruaner mit einer *Walther* PPK Kaliber 7,65 erschossen worden war. Eine Waffe, die in Österreich durchaus üblich ist. Er hatte einen Steckschuß in der Lunge, ein vollkommen zertrümmertes Brustbein und war wahrscheinlich auf der Stelle tot gewesen. Gestorben war er zwischen 23 und ein Uhr in der Früh. So weit, so gut. Und über den Täter und das Warum und Wieso gab es nicht die allergeringste Vermutung. Jetzt allerdings sahen die Dinge schon etwas anders aus. Der Arzt, der die Leiche untersucht hatte, stellte fest, daß der Tote zahlreiche frische Wunden an beiden Füßen aufwies. So als hätte er Schuhe, die ihm viel zu klein waren, getragen. Aber die Schuhe, insgesamt zwei Paar Markenschuhe, die unter den Kleidungsstücken des Toten gefunden worden waren, schienen diesem genau zu passen.

Atahualpa, so ein vertrottelter Name, dachte sich Harry, als er über das Lugeck ging. Hier, ganz in der Nähe, mußte irgendwo dieses *Atahualpa* sein. Er bog in die Bäckerstraße ein. Die ersten heißen Tage hatten die Wiener Bevölkerung aus ihren Häusern oder Wohnungen gelockt. Im ganzen ersten Bezirk wimmelte es nur so von Menschen. Vor fast jedem Lokal standen Tische und Stühle im Freien. Harry brauchte noch etwas Zeit zum Überlegen und ging in die

Weinorgel. An der Bar bestellte er sich ein großes Bier und fand sofort, daß er in diesem Aufreißerlokal nicht die notwendige Ruhe zum Denken hatte. Voller Abscheu blickte er in die lauernden Gesichter von Versicherungsvertretern und Verkäuferinnen, die in Grüppchen standen und ein bißchen Abwechslung in den tristen Alltag ihrer Ehehöllen bringen wollten. Sofort stellte sich Harry Olga in dieser Runde von Angebern und Idioten vor. Er hörte sie ihre flotten Sprüche klopfen, die sogar beim letzten Hausmeister Phantasien hervorriefen, und die sie natürlich nur in Schwierigkeiten bringen konnten. Außerdem soff sie wie ein Loch, und neuerdings schon tagsüber. Mit vierundvierzig Jahren wollte sie sterben, und erst vor ein paar Tagen hatte sie ihm ganz stolz eine tiefe Brandwunde auf ihrem linken Handrücken gezeigt und gesagt: „Schau, jetzt verbrenn' ich mich auch schon selber, wie die Ingeborg Bachmann!" Ihn fröstelte. Nur nicht an diese Frau denken. Sie paßten zusammen wie Tag und Nacht, aber sie marschierte durch sein Gehirn und war nicht zu verscheuchen.

Harry Schulz hatte sich für das *Atahualpa* zu interessieren und für sonst gar nichts! Er mußte seine Gedanken zur Aufklärung dieses Mordfalls mobilisieren. *Atahualpa* war eines jener Lokale, das mindestens einmal im Monat in den diversen Klatschspalten stand, weil es bei irgendeinem Sänger oder einem Filmsternchen etwas zu feiern gab. Dort, wo sich die Schmarotzer der Nation an erlesenen Speisen delektierten, die sich ein Normalsterblicher nie und nimmer leisten konnte. Diesen verschissenen Designerfraß, wo man zweimal hinschauen mußte, bevor man sah, daß der Teller nicht leer war. Wie er es haßte, wenn er diesen Schwachsinn auch noch lesen mußte. „Spinatröllchen auf Alpenstrudelparfait mit Wildkräutermousse" oder wie sie alle heißen mochten, diese überkandidelten Kinkerlitzchen. Und von Jahr zu Jahr nahm das Elend auf der Welt noch größere Dimensionen an. Es war doch wirklich zum Kotzen. Der Kellner wollte ihm sein Glas, das er noch nicht geleert hatte, wegnehmen, aber Harry war schneller und trank hastig die letzten zwei Schlucke. Er fragte den Kellner, wo das *Atahualpa* sei. Gleich machte dieser einen viel freundlicheren Eindruck und gab bereitwillig und genau Auskunft. Keine zwei Minuten von hier, allerdings wäre es für das *Atahualpa* noch etwas früh! Harry bestellte sich noch ein Bier. Dieses Mal ein Seidel.

Irene Fiala stand vor ihrem Kleiderschrank und wühlte nach einem Fetzen, in dem sie hundertprozentig gute Figur machen würde.

Zuerst wollte sie sich für Schwarz entscheiden, dann fiel ihr aber ein, daß sie vor einigen Tagen in der *Vogue* gelesen hatte, daß Schwarz so out sei, daß man es höchstens auf einer Beerdigung entschuldigen könne. Also weg damit. Irene war eine jener Frauen, die sich ihre Philosophie aus Illustrierten zum Zeitgeist zusammenlas. Alle Menschen taxierte sie aufgrund äußerer Attribute wie Armbanduhren, Kleidungsstücke und Autos. Es ging ihr überwältigend gut. Das Kokain hatte sie auf der Stelle überzeugt. Walter schlief, sie hatte das Baby zugedeckt und ihm im Halbschlaf die letzten *Rohypnol*, drei Stück, in den Mund geschoben und ihn gezwungen, die Tabletten mit Wasser hinunterzuschlucken. Jetzt schnarchte er, und es war anzunehmen, daß er so schnell nicht wieder zu sich kommen würde.

Nach langer Überlegung entschied sie sich schließlich für einen hauchdünnen, geblümten Hosenanzug von *Cerruti*, eines ihrer besten Stücke, frisierte ihr blondes, halblanges Haar in alle Richtungen, bevor sie es gekonnt und sehr raffiniert mit winzigen Haarspangen hochsteckte. Dann legte sie ein dramatisches Make-up auf, zog schließlich ihre schöngeformten Lippen mit blutrotem und kußechtem Lippenstift nach, verrieb mit einem Pinselchen aus echtem Marderfell Puder auf Nase, Wangen und Stirn und schaute sich nach einem geeigneten Parfum um. *Opium* schien für diesen Anlaß passend zu sein, und sie betätigte ein paarmal, äußerst großzügig, den Sprühknopf. Lange betrachtete sie sich von allen Seiten im Spiegel und kam zu dem Schluß, daß sie mit sich und ihrem Aussehen mehr als zufrieden sein konnte.

Sie ging in die Küche, stellte die Waage auf den Tisch und wog die beiden Plastiksäcke mit dem Kokain, die sie vorsichtig aus dem Kühlschrank geholt hatte, ab. Das verschlossene Paket brachte auf den Strich genau 390 Gramm, das geöffnete Päckchen noch 370 Gramm auf die Waage. Sie ärgerte sich über diesen Idioten von Walter und sagte sich, daß es vernünftig sein würde, schnell zu handeln. Wenn sie nicht verhinderte, daß Walter in diesem Tempo weiterkonsumierte, würde vom Kokain bald nichts mehr übrig sein. Allerdings hatte sie von ihm aufgeschnappt, daß man dieses Zeug strecken konnte, am besten mit Milchpulver oder *Dextropur*. Das wäre vollkommen gesund und würde nicht auffallen.

„Außerdem“, hatte Walter am Nachmittag gesagt, „ist es sowieso der helle Wahnsinn, in Wien pures Koks zu verkaufen!“ Sie wußte zwar nicht, ob das Kokain, das vor ihr auf dem Tisch lag, pur war, nahm es aber angesichts der Tatsache, daß es frisch aus Peru importiert war, an. Bevor sie den Stoff wieder in den Kühlschrank legte, wickelte sie ein paar Brocken, ungefähr drei Gramm, in Silberpapier. Sie versteckte den Stoff im Innenfutter ihrer Handtasche. Dann drehte sie sämtliche Lichter in der Wohnung ab und ging auf Zehenspitzen, um mit dem Klacken ihrer hochhackigen Metallabsätze Walter nicht aufzuwecken, zur Wohnungstür.

Vorsichtig zog sie die hohe Tür ins Schloß. Sie wußte, wo das *Atahualpa* war. Irene hatte schon immer eine Schwäche für schicke Lokale gehabt, und tatsächlich hatte sie ihr geschiedener Mann zwei- oder dreimal auf ein Essen ins *Atahualpa* eingeladen.

Langsam begann sich das *Atahualpa* zu füllen. Peter Konrad war heute noch nicht gekommen. Alfred Römer, sein Barmann und Vertrauter, mixte hinter der Theke in einem Shaker Aperitifs. Die Bardame, die sich sein Chef, Alfred konnte nicht verstehen, warum eigentlich, eingebildet hatte, konnte Weißwein kaum von Rotwein unterscheiden, hatte unendliche Mühe, die Funktion des Geschirrspülers zu kapieren und stellte bei jedem Gästewunsch, den sie aufnahm, blöde Fragen. Wieder läutete es an der Tür. Das Auswahlkriterium des Lokals bestand darin, daß durch ein Guckloch die Leute, die vor der Tür standen, unter die Lupe genommen wurden. Wenn jemand nach Konrads oder Römers Meinung nicht hereinpaßte, wurde die Tür nur einen Spalt aufgemacht und den Leuten die Auskunft erteilt, daß das Lokal heillos überfüllt sei oder ausnahmsweise eine private Feier stattfinden würde. Die Bardame, die in einem hautengen und billigen Stretchkleid steckte, streifte mit ihrem üppigen Busen Alfred Römers Oberarm, als dieser ein Glas vom Regal nehmen wollte. Alfred Römer erschrak und ordnete unwirsch an, daß sie die Tür aufsperren und geöffnet lassen solle, denn er könne bei ihrer bescheidenen Hilfe nicht den Barmixer und den Polizeihund gleichzeitig spielen. Susi wollte protestieren, doch sie überlegte es sich anders und stakste auf ihren überhohen Absätzen zur Tür.

Währenddessen legte Römer eine Platte auf, und bald darauf erfüllte eine tiefe Frauenstimme mit dem Tango *Adios mucha-*

chos, compañeros de mi vida den großen Raum. Das *Atahualpa* war ein sehr geschmackvoll eingerichtetes Lokal. In der Nähe der Eingangstür zog sich eine riesige Edelholztheke großzügig fast durch den gesamten Saal. Die Tische waren weit auseinandergestellt und durch hohe Kübelpalmen voneinander getrennt. Auf den Tischen fand man wunderschöne und kostspielige Arrangements aus Seidenblumen, und die Tischtücher und Servietten sowie Gläser und Geschirr waren nur vom Allerfeinsten. Der exotische Eindruck entstand durch die Auswahl der Musik und einige sparsam verteilte Dekorationsgegenstände an den Wänden. Von der Wand neben der Bar prangte das Prunkstück des Lokals: ein gewaltiger, mit achtzehnkarätigem Gold überzogener *Tumi de Oro*, die Nachbildung eines jener berühmten Skalpelle der Inkas, deren Griff den Kopf eines Indianers darstellt. Peter Konrad bezeichnete ihn als seinen persönlichen Glücksbringer.

Peter Konrad war ein außergewöhnlicher und sehr eigenwilliger Mann. Das hatte auch Alfred Römer, der sich bei der Jobsuche überaus schwer getan hatte, erfahren. Römer hatte eine dunkle Vergangenheit hinter sich, sein Leben jahrelang als Fälscher und Scheckbetrüger finanziert und schlußendlich eine mehrjährige Haftstrafe verbüßt. Doch Konrad schien Römers Vorleben nicht im geringsten zu stören. Manchmal kam es Römer vor, als ob Konrad geradezu nach einem vorbestraften Barmann gesucht hätte. Römer war Konrad sehr dankbar gewesen, er arbeitete hart und nahm es auch bei der Verrechnung seiner Überstunden nicht so genau. In der Zwischenzeit wußte Römer über Konrads Machenschaften genau Bescheid und half ihm fallweise sogar beim Verkauf des Kokains, das Konrad von einem sympathischen Peruaner direkt ins Haus geliefert bekam. Allerdings legte Konrad, besonders in letzter Zeit, Eigenarten an den

Tag, die Römer nicht sehr amüsierten. Er hatte sich beim Kauf und beim Einrichten des *Atahualpa* in gewaltige Schulden gestürzt, und jetzt schienen ihm diese Belastungen über den Kopf gewachsen zu sein. Außerdem mußte Römer feststellen, daß Konrad dümmer war, als er angenommen hatte. Konrad schien der Meinung zu sein, daß Römer ihm bis zum Ende seiner Tage in ewiger Dankbarkeit ausgeliefert wäre. Aber einen Knastbruder kann man nicht nehmen wie eine in Schande geratene Jungfrau aus dem vorigen Jahrhundert, deren Kind man mit einer Eheschließung vor der Fürsorge rettet. Konrad nützte Römers Gutmütigkeit unverschämt aus und lud ihn damit förmlich ein, ihn zu bescheißen. Zu jeder Tages- und Nachtzeit wollte Konrad über Römers Zeit frei verfügen. In jeden seiner Gedankengänge wollte ihn sein Chef involvieren. Stundenlang mußte er Konrad, wenn dieser wieder einmal zu tief in das Kokaintöpfchen gegriffen hatte, seelischen Beistand leisten. Der große Zampano, den er vor seinen Gästen so gerne herunterriß, war bereits in tausend Scherben zersprungen, und Konrad ging Römer in letzter Zeit, beinah auf unerträgliche Art und Weise, auf die Nerven. Erst vorgestern wollte er seinem Chef wieder einmal klarmachen, daß er vorsichtiger sein müsse, daß er bei fremden Menschen nicht so vertrauensselig sein dürfe, da er ansonsten bei dieser Art von Geschäften nicht mehr lange ein freier Mann sein werde. Meldete er sich persönlich am Telefon, so tat er das gern, indem er „Führerhauptquartier" in den Hörer brüllte. Wenn er in ausgelassener Laune war, lud er wildfremde Menschen auf eine „Straße" ein. Sogar seine eigene Nachbarin, eine äußerst biedere Dame, bei der er von Zeit zu Zeit auf einen Kaffee vorbeischaute, hatte ihn gefragt, ob es stimme, daß das Lokal, in dem er arbeite, ein Kokainumschlagplatz sei. Lange konnte es bei diesem Gehabe nicht mehr dauern, bis der ganze Laden von der Polizei gestürmt würde. Schon mehrere Male hatte Römer Konrad zu erklären versucht, daß bei der Polizei, und ganz besonders bei der Suchtgifttruppe, nicht nur Idioten beschäftigt waren, sondern, ganz im Gegenteil, bei der Ausbildung dieser Beamten Zeit und Geld keine Rolle spielten. Doch Konrad hatte nichts davon hören wollen. Er war der Meinung, daß die Dinge für ihn wunderbar liefen, und wollte sich nicht vorstellen, daß er und sein *Atahualpa* jemals etwas mit der Polizei zu tun haben könnten.

Irgendwie lebte der Mann auf dem Mond. Dieser ganze Unfug mit seiner südamerikanischen Imitation! Konrad war das uneheliche Kind einer Frau, die ihr Geld auf der Straße verdient und ihrem Sohn erzählt hatte, daß sein Vater ein peruanischer Marineoffizier gewesen sei. Ihm, der in seinem ganzen Leben kaum aus Österreich hinausgekommen war, war nichts Besseres eingefallen, als ein südamerikanisches Lokal zu eröffnen. Jahrelang hatte er geschuftet wie ein Hund, fremde Leute bedient, er war Kellner in den unmöglichsten Lokalen gewesen. Zuerst hatte er wie ein Besessener gespart, doch als er das Lokal kaufte, hatte er sich, mit Krediten bis über beide Ohren belastet, vollkommen seiner Bank ausgeliefert und war in einen Konsumrausch geschlittert, der nur noch mit Drogenhandel zu finanzieren war. Aber für diesen Job war er viel zu vertrauensselig. Mit fast jedem Kunden freundete er sich an, und wenn jemand nur ein paar Stunden, während einer Zwischenlandung, auf dem Flughafen von Lima verbracht hatte, behandelte er diesen wie einen leibhaftigen Bruder. Wenn Konrad nicht bald zur Vernunft kam, würde Alfred nichts anderes übrigbleiben, als seine eigene Haut zu retten. Diesen Job zu schmeißen und die Kurve zu kratzen. Wo blieb Konrad denn heute nur so lange? Warum hatte er noch nicht angerufen? Warum war er nicht im Lokal aufgetaucht? Er, der es ansonsten gar nicht erwarten konnte, daß sein *Atahualpa* endlich aufgesperrt wurde, und der oft bis zum Morgengrauen geöffnet hielt, seinen Gästen Cognak und sogar französischen Champagner spendierte, nur damit sie ihn nicht allein ließen. Außerdem war gestern Manúel Rodriguez angekommen, Konrad hatte sich noch spät mit ihm getroffen und war seither nicht wieder aufgetaucht. Römer hoffte inständig, daß Konrad nichts passiert war und er bald käme.

Diese Gedanken beschäftigten Römer, während er Gläser polierte. Er wurde aus seinen Gedanken gerissen, weil sich Harry Schulz, der auf einem Barhocker Platz genommen hatte, räusperte. Es war doch keine gute Idee, die Tür offengelassen zu haben, war der erste Gedanke, der Römer zu Harry Schulz einfiel. Dieser Mann, den er zum ersten Mal sah, gefiel ihm ganz und gar nicht. Er steckte in einem unmöglichen Sakko, trug ein verwaschenes T-Shirt mit der Aufschrift „Künstler für den Frieden" und hatte an seinem Handgelenk eine Quarzuhr baumeln, die man in diversen Kaffeegeschäften, wo eine Tasse im Stehen sieben Schilling kostet, beim Kauf von einem Kilo *Galamischung* als Draufgabe dazubekam. Harry räusperte sich noch einmal, doch der Barmann tat, als gäbe es für ihn nichts Wichtigeres auf der Welt, als Gläser zu polieren.

In diesem Moment nahm Irene Fiala neben Harry Schulz Platz. Sie sah einfach umwerfend aus, schwang sich auf den Hocker, schleuderte ihr Krokotäschchen auf die Theke und bestellte selbstbewußt: „Einen *Cubata*, bitte!"

„Darf ich auch etwas bestellen?" fragte Harry jetzt den Barmann laut. „Natürlich!" meinte dieser gedehnt. „Was soll es denn sein?" Römer kam mit seinem Glatzkopf ganz nah an Harry heran und sah ihm von unten gerade in die Augen. Dieser Blick machte Harry nervös. Er hatte keine Ahnung, was er bestellen sollte. Der Name des Getränks, das Irene Fiala gerade bestellt hatte, war ihm schon wieder entfallen, und er stotterte: „Ich weiß nicht so recht. Irgendwie, ich bin mir nicht so sicher. Vielleicht ein Bier?“

„Ein Bier?“ fragte Römer ungläubig und sah Irene Fiala an. Diese begann laut zu lachen. Harry wurde auf der Stelle unsicher, räusperte sich verlegen und sagte: „Na ja, vielleicht doch etwas anderes. Was haben Sie denn?“

Römer drückte Harry die Getränkekarte in die Hand und sagte: „Eine ganze Menge!“

Harry verkroch sich hinter der Karte, war äußerst unzufrieden mit sich selbst und begann die Namen der exotischen Drinks genau zu studieren. Nach einer Weile ließ er seinen Blick durch das Lokal wandern.

Germán Madrid, ein argentinischer Tänzer, den ein lausiges Engagement am *Theater an der Wien* in Wien hielt und der sich gebärdete, als wäre er der junge Fred Astaire persönlich, riß, als er die Tangoklänge aus dem Lautsprecher vernahm, seine gertenschlanke, italienische Frau Camorra aus dem Sessel und begann mit ihr quer durch das ganze Lokal zu tanzen. Er reckte sein Kinn dramatisch in die Luft, preßte den kindlichen Körper Camorras eng an den seinen und beugte sie nach hinten, bis ihr Kopf fast den Boden berührte. Harry Schulz vergaß auf das Getränk, das er bestellen wollte, und schaute den beiden mit offenem Mund zu. Der Tanz wurde unterbrochen, weil eine Kellnerin für Camorra, die sich ausschließlich von rohem Fleisch ernährte, ein Beef tatar auf ihren Platz stellte. Die Leute, die am selben Tisch saßen, klatschten Beifall. Germán deutete eine Verbeugung an und half Camorra beim Niedersetzen.

„Wissen Sie jetzt endlich, was Sie wollen?“ wurde Harry

von Römer angefahren. Harry fuhr auf und sagte, nach einem neuerlichen Blick auf die Karte: „Geben Sie mir einfach einen *Pisco Sour*!"

Irene Fiala und der Barmann brachen in schallendes Gelächter aus. Harry schaute die beiden entgeistert und feindselig an. Römer, der sich immer noch vor Lachen schüttelte, nahm Harry die Getränkekarte aus der Hand, klappte sie zu und sagte: „*Pisco Sour*. Das spricht man mit K, verstehen Sie?"

Harrys Gesicht war ganz rot. Zorn und Scham fühlte er, denn er sah nicht ein, wieso er sich von diesen herausgeputzten Deppen zum Gespött machen lassen sollte. Er hätte gute Lust gehabt, seine Polizeimarke auf die Theke zu knallen und ein Verhör zu starten. Diese Idioten würden ihn noch kennenlernen, und das Lachen würde ihnen auch noch vergehen. Aber anstatt das zu tun, starrte er auf die Dekorationsgegenstände an den Wänden. Schließlich stellte der Kellner den Drink vor ihn hin und musterte ihn amüsiert. Harry nahm einen kräftigen Schluck und wunderte sich, daß diese schäumende, weiße Flüssigkeit eigentlich ganz passabel schmeckte. Irene Fiala bestellte sich noch einen *Cubata*.

Anscheinend ist das das einzige Getränk, das sie richtig aussprechen kann, dachte Harry gehässig. Aber gleich darauf wurde er hellhörig, denn Irene erkundigte sich jetzt beim Barmann nach seinem Chef, Peter Konrad.

Der Kellner legte das Geschirrtuch aus der Hand und schaute sie interessiert an, bevor er sie fragte: „Haben Sie mit Peter Konrad eine Verabredung?"

„Eine Verabredung nicht gerade, aber ich muß ihn sprechen!"

Da sie der Barmann noch immer aufmerksam anschaute, fügte sie hinzu: „Es ist sehr wichtig!"

„Wenn Sie mir sagen, worum es sich handelt, kann ich

vielleicht versuchen, ob ich ihn telefonisch irgendwo erreichen kann."

Irene ging auf seinen Vorschlag nicht ein, sondern stellte fest: „Das heißt also, daß er nicht da ist, richtig? Kommt er heute am Abend noch?"

Alfred Römer schien es sehr zu interessieren, was diese Frau, die er noch nie gesehen hatte, von seinem Chef wollte. „Ich weiß nicht, ob er heute noch kommt", sagte er beiläufig und widmete sich wieder seiner Arbeit. Irene wippte auf ihrem Hocker und starrte, ebenso wie Schulz, auf den riesigen *Tumi de Oro*. Römer musterte sie eine ganze Weile von der Seite und stellte den *Cubata* vor sie hin. „Sie vertragen aber eine ganze Menge!" bemerkte er anerkennend. Irene sah ihm direkt ins Gesicht, als sie wiederholte: „Ja, ich vertrage eine ganze Menge!" Harry Schulz trank seinen *Pisco* aus und bestellte sich noch einen. Diesmal sprach er den Namen des Getränks richtig aus. Als Römer den *Pisco* in den Shaker goß, sah er, daß Konrad eintrat. Der Chef kam nicht zur Bar, sondern nahm am Tisch von Germán Madrid und dessen Begleitung Platz. Nachdem der Barmann Harry den *Pisco Sour* serviert hatte, ging er zu Konrad und flüsterte ihm etwas ins Ohr. Konrad hörte eine Weile lang zu und schaute dann zur Bar, geradewegs in Schulz' und Fialas lauernde Gesichter. Irene, der nichts entgangen war, winkte Konrad wie eine alte Bekannte zu. Der Kellner ging wieder hinter die Theke. Irene hatte sich eine Zigarette in den Mund gesteckt und fragte Schulz, ob er Feuer habe. Schulz zuckte zusammen, und sofort fiel ihm Olga ein. Was wollte diese Frau, die neben ihm saß, von Konrad? fragte er sich und bereute, daß er in dieses Lokal gekommen war. Ein Verein von mehr oder weniger betuchten Schnöseln, die alle äußerst jovial miteinander umgingen und auf Insider machten. Eine Gesellschaft, wie man sie mittlerweile schon fast jeden zweiten Tag in irgendeiner Fernsehserie ertragen mußte. Was war, wenn die Streichhölzer, die er im Hotelzimmer eingesteckt hatte, mit diesem Fall gar nichts zu tun hatten?

Er war müde, wußte nicht, was er tun sollte, und beschränkte sich darauf, an seinem exotischen Drink zu nippen. Er spürte rasende Kopfschmerzen, Schmerzen, die ihn in letzter Zeit immer öfter heimsuchten. Das lag alles nur an dieser mistigen Beziehung zu der verrückten Schriftstellerin. Was war ihm da nur wieder passiert? Warum konnte er sich nie in eine normale Frau verlieben? Eine stinknormale Frau wollte er haben. Eine, mit der er sprechen konnte. Eine, die ihm mit Rat und Tat zur Seite stand. Aber er, er fiel immer nur auf die allergrößten Egoistinnen herein. Er war ein Wiederholungstäter und freute sich schon auf den Tag, wo ihm die ganze Sexualität endlich gestohlen bleiben konnte. Aber andererseits, wer wußte, wann das der Fall sein würde, und außerdem war das auch keine Lösung.

Als sich ein Männerkörper zwischen seinen und Irenes Barhocker schob, wurde er aus seinen Gedanken gerissen.

„Konrad, Peter Konrad, sehr erfreut. Ich habe gehört, daß Sie mich sprechen wollen."

„Ja, ich muß Sie unbedingt sprechen", hauchte Fiala, sehr charmant.

„Und was wollen Sie mit mir besprechen, wenn man fragen darf?" fragte Konrad, und es klang leicht amüsiert.

„Aber sicher dürfen Sie das wissen. Allerdings frage ich mich, ob hier für das, was ich Ihnen zu sagen habe, der richtige Platz ist."

Irene Fiala schaute auf Harry, dieser bemerkte, daß über ihn gesprochen wurde, und schaute zurück, direkt in Konrads Gesicht, der sich ebenfalls nach Harry umgedreht hatte.

„Ja, wenn das so ist, dann suchen wir uns ein geeigneteres Plätzchen!" meinte Konrad, und zwar in einer Art und Weise, daß es, so erschien es Harry, idiotischer gar nicht mehr ging. Sofort sprang Irene vom Hocker, und Konrad fing sie auf. Er machte seinem Barmann ein Zeichen, daß Irenes Drinks auf seine Kosten gingen. Als Irene das bemerkte, sagte sie: „Aber bezahlen muß ich noch. Zwei *Cubata*."

Peter Konrad faßte sie am Arm und meinte: „Aber nein doch, Sie sind natürlich mein Gast. Das wäre ja noch schöner!" Das waren Sätze, die Irene gern hörte, und sie bedankte sich artig wie ein Kind. Die beiden verließen das Lokal. Harry Schulz überlegte sich, daß es viel zu auffällig wäre, den beiden zu folgen, außerdem mußte er jedenfalls noch bezahlen. Also begnügte er sich damit, den beiden nachzuschauen. Rein äußerlich betrachtet, gäben die beiden ein schönes Paar ab, dachte er.

Er bezahlte für die zwei lumpigen Getränke mehr als dreihundert Schilling und verließ dann ebenfalls bald das Lokal. Er konnte sich nicht mehr daran erinnern, wo er sein Fahrrad angekettet hatte, fand es dann aber doch ziemlich schnell. Als er sich auf den Sattel schwang, überlegte er, ob er noch kurz bei Olga vorbeischauen sollte. Vielleicht war sie jetzt in einer besseren Laune. Er ließ es dann aber sein und entschloß sich, nach Hause zu fahren. Morgen mußte er in Hochform sein. Er mußte seine ganze Konzentration diesem Fall widmen. Eines war für ihn klar: Natürlich ging es bei der ganzen Geschichte um Kokain. Das *Atahualpa* war ein geeigneter Platz dafür. Und außerdem, was wollte dieser Peruaner in Wien, in einem miesen Hotel, immer nur für zwei oder drei Tage in dieser Stadt, wenn er kein Lieferant, kein Dealer war?

Harry Schulz lag seit einer Stunde wach. Vergeblich hatte er versucht, wieder einzuschlafen. Einmal wäre es ihm fast gelungen, aber das Ergebnis war schließlich ein quälendes Gewirr von Gedanken, weder Traum noch Wirklichkeit. Er hatte eiskalte Füße, die ihn am Einschlafen hinderten und ein bedrückendes Gefühl in seiner Brust. Eine Beklemmung, die ihm in letzter Zeit immer öfter den Schlaf raubte. Es schien ihm, als wäre er dazu verdammt, ständig seine eigene Situation zu überdenken, die von Tag zu Tag auswegloser und noch auswegloser zu sein schien.

Er versuchte, sich nach Möglichkeit nicht zu bewegen, unterdrückte seinen zunehmenden Harndrang und berührte den schlanken Frauenkörper neben ihm, von Zeit zu Zeit, wie zufällig. Er schloß seine Augen fester, als zum Einschlafen notwendig gewesen wäre und bemerkte, daß er schon wieder hellwach war. Unauffällig versuchte er in Olgas Nähe zu kommen. Er schmiegte sich an sie und stöhnte dabei, so als würde er träumen oder gerade erst erwachen. Doch Olga fühlte sich sogar im Schlaf von seinen Berührungen gestört. Sie warf sich auf die andere Seite des Bettes und zog sich die Bettdecke bis unters Kinn. Harry legte sich auf den Rücken und öffnete die Augen. Durch einen winzigen Spalt im Vorhang beobachtete er, wie die Nacht zum Tag wurde. Es war Juli, und ihm schien es, als würden die Vögel jeden Morgen noch früher und noch lauter brüllen. Harry fragte sich, ob der Himmel heute blau werden würde, doch vorläufig blieb es bei einem hellen Grau. Seit er Olga kannte, kam er kaum noch zum Schlafen. Er mußte an seine Familie denken, die er verloren hatte. Seine Frau, die sich mit einem anderen Mann aus dem Staub gemacht hatte, sein dreizehnjähriger Sohn, der ihn jeden zweiten Samstag im Monat besuchen durfte. Doch diese Besuche wurden immer trister. Begeistert erzählte ihm der Sohn von seinem neuen Vater, der angeblich ein dickes Bankkonto besaß und mit aufwendigen Geschenken versuchte, den Buben an sich zu binden. Sein eigener

Sohn fiel auf dieses durchsichtige Spiel herein, es war zum Weinen. Dann dachte er an Olga, diese junge Person, die neben ihm lag. Ihre Nähe machte ihm seine Einsamkeit und die Kälte, die er in sich fühlte, nur noch deutlicher bewußt.

Olga war von einem verzweifelten Lebenshunger getrieben und vollkommen verrückt. Wie gerne hätte er sie beschützt. Er liebte diese Frau und prallte mit seinen Gefühlen bei ihr immer wieder gegen einen Panzer aus Eis. Sie war vom Gedanken besessen, eine berühmte Schriftstellerin zu werden, und um dieses Ziel zu erreichen, war sie bereit, alles zu tun. Sie verabscheute seinen Beruf und war auch jetzt nur bei ihm, weil sich ihr im Moment nichts Aufregenderes bot. Atemlos hetzte sie von Abenteuer zu Abenteuer, ständig auf der Suche nach irgendwelchen Leuten, die ihr vielleicht weiterhelfen konnten. Dabei fiel sie immer wieder auf die allergrößten Idioten herein. Ständig versuchte sie Harry zu überreden, daß er seinen Job im Morddezernat an den Nagel hängen solle, als wäre mit einer solchen Entscheidung der Lebenskampf für ihn ein für allemal gemeistert. Was für eine Alternative hatte er denn, mit seinen 43 Jahren, mit seinem schütteren Haar, das ihm in letzter Zeit schon büschelweise ausfiel. Natürlich hätte er mit diesem ganzen Scheiß lieber heute als morgen Schluß gemacht, diesem tagtäglichen Schwachsinn mit seinen sogenannten Kollegen. Einem Chef, der nichts anderes liebte als seine Kakteenzucht und die Tage bis zu seiner Pensionierung zählte. Dorothea Winter, die jeden Fall im Alleingang aufklären wollte und es eines Tages zur Justizministerin einer FPÖ-Regierung bringen wollte. Tagein, tagaus Polizisten, vermieste Existenzen, die in jedem Mitmenschen einen Killer oder sonstigen Verbrecher sahen, ständig auf der Hut waren und nicht einmal sich selbst über den Weg trauten, geschweige denn einem Kollegen.

Bei diesen Gedanken hielt Harry nichts mehr in dem sündteuren Futonbett, das er nur Olga zuliebe gekauft hatte, weil sie einmal die Bemerkung fallen gelassen hatte, daß in so einem gesunden Bett alles ganz anders wäre. Als er das neue Bett endlich geliefert bekommen hatte, war es ihr gar nicht aufgefallen. Ja, sie konnte sich nicht einmal daran erinnern, jemals etwas in diese Richtung geäußert zu haben. Was hatte er in letzter Zeit nicht alles „Olga zuliebe" getan? Einen Hampelmann hatte diese Frau aus ihm gemacht, der nur darauf aus war, dieser Wahnsinnigen zu imponieren. Was wußte sie schon von seinen Sorgen und Ängsten? Über seinen Beruf durfte er mit ihr nicht einmal sprechen. Leere Sprüche, Worthülsen, ungefiltertes Geschwafel hatte diese Frau ihm zu bieten. In zwei Monaten war es ihm nicht gelungen, auch nur einen einzigen ernstzunehmenden Satz aus diesem Geschöpf herauszubringen. Und jedesmal, wenn er glaubte, daß er sie in die Enge getrieben hatte, ihr klarzumachen versuchte, daß man so, wie sie es tat, einfach nicht leben konnte, nicht leben durfte, zuckte sie ihre mageren Schultern, blickte ihn treuherzig an und sagte: „Ja, dann trennen wir uns einfach, wenn du es mit mir nicht aushältst."

Ja, dann trennen wir uns einfach!, war das einzige, das sie ernsthaften Konfrontationen entgegenzusetzen hatte. Ständig hielt sie ihn mit ihren Unsinnigkeiten auf Trab. Dabei wollte er ihr wirklich helfen!

Zum Beispiel erst gestern wieder: Sie hatte in einem unmöglichen Kaffeehaus eine Lesung gehabt, war dann in einem scheußlichen Lokal gelandet, hatte ein Glas ums andere in sich hineingekippt und, als sie der Besitzer schließlich an die frische Luft setzen wollte, bemerkt, daß sie kein Geld bei sich hatte. Mitten in der Nacht hatte sie ihn telefonisch geweckt, und er mußte ans andere Ende von Wien fahren, um sie auszulösen. Olga war stockbesoffen und wollte feiern. Ihre Lesung wollte sie feiern, die angeblich ein so großer Erfolg gewesen war.

Als er ihr auf dem Heimweg im Taxi Vorwürfe machte, wollte sie aus dem fahrenden Auto springen und hatte ihn eine „Kieberersau" geschimpft. Und der Taxler, dieser verkommene Verbrecher, hätte beinah zu ihr geholfen. Das alles war kaum zu glauben ...

In seinen Plastiklatschen stand er vor dem Bett und betrachtete Olgas gutgebauten Körper. Eine rasende Wut stieg in ihm auf, und er überlegte sich, wie leicht es für ihn wäre, diesen mageren Hals mit seinen kräftigen Händen zusammenzudrücken. Dann ging er aufs Klo. Im Vorbeigehen bemerkte er auf dem Küchentisch eine grasgrüne, mit Rotwein- und Kaffeeflecken übersäte Mappe. *Cara novela mia* war mit einer zittrigen Handschrift groß auf die Umschlagseite gekritzelt. Das mußte Olga im Suff eingefallen sein. Das war sie wohl, diese Zumutung, die Olga für hochwertige Literatur hielt. Er überlegte kurz, ob er die Mappe in die Mülltonne werfen sollte. Vielleicht würde Olga dann endlich kapieren, daß sie sich nicht bei jeder Gelegenheit besaufen konnte, denn sie war ja so stolz darauf, daß sie „nicht einmal im größten Durcheinander" ihre Texte verlor. Er gab der Mappe einen Schubs.

Er hätte schreiben sollen. Was hatte er in seinem Beruf schon alles erlebt! Was hatte er schon alles mit ansehen müssen an menschlichen Abgründen und Tiefen.

Er atmete tief ein und aus, um seinen Zorn zu verscheuchen, und ging ins Badezimmer. Er wusch sich die Hände und zuckte zusammen, als er sein Spiegelbild sah. Gestern in der

Nacht, bevor er Olga in diesem entsetzlichen Lokal abholte, hatte er sich jede Menge Gel ins Haar geschmiert, und jetzt standen ihm weißumkrustete Strähnen zu Berge. Sein Blick fiel auf tiefe Ringe unter den Augen. Auf dem Boden lagen zusammengeknüllt die Kleidungsstücke, die er gestern getragen hatte. Obenauf die hautenge Lederhose, die er sich, natürlich ebenfalls Olga zuliebe, gekauft hatte, und ein Sweatshirt, das einen Skateboardläufer zeigte, der auf einem verbogenen Brett durch die Luft flog. Lange schüttelte er ungläubig den Kopf. Noch einmal betrachtete er sich im Spiegel und versprach sich, daß er sich zusammenreißen und sehr, sehr stark sein würde. Deshalb ging er auf die Terrasse seines winterfesten Gartenhäuschens mit dem Altbaumbestand, das er seit seiner Scheidung bewohnte. Als er die frische Morgenluft einatmete, mußte er stark husten. Gestern hatte er wieder einmal viel zuviel geraucht. Er hatte geglaubt, daß er mit diesem Gartenhäuschen seinen Sohn beeindrucken könnte. Doch der Junge bevorzugte, wenn er überhaupt noch seine Zeit mit ihm verbrachte, Ausflüge in Hallenbäder oder in die Spielhallen des Wurstelpraters. Harry hängte sich an die oberste Sprosse einer Sprossenwand, die er vor zwei Monaten montieren lassen hatte, und begann seine gestreckten Beine zu heben und zu senken. Muskeln würde er sich zulegen! Muskeln wie Rambo höchstpersönlich. Steinhart würde er werden, und allen würde er es zeigen: besonders Olga! Er hob und senkte seine waagrecht von sich gestreckten Beine hundertfünfzigmal. Harry Schulz strengte sich an. Er spürte seine Bauchmuskeln, die schon bald wie Feuer brannten, doch er gab nicht auf. Er starrte in den morgendlichen Sommerhimmel und betrachtete die zarten Blätter der Bäume, die von Tag zu Tag grüner wurden. Endlich sprang er von der Sprossenwand. Er ging ins Bad und duschte sich lange und ausgiebig mit heißem Wasser. Schließlich ließ er minutenlang eiskaltes Wasser auf seinen Rücken prasseln. Dann rubbelte er sich mit einem Badetuch trocken, bis seine Haut brannte und krebsrot war. Nachher ging es ihm besser. Er schmierte sich eine Handvoll Gel in sein nasses Haar und ging in die Küche. Dort füllte er in seine 350-Schilling-Kaffeemaschine feingeriebenen Mokka und Wasser.

Er öffnete die grasgrüne Mappe, die vor ihm auf dem Küchentisch lag, und während ihm seine Kaffeemaschine den Kaffee zubereitete, las er das erste Kapitel von Olgas Roman.

STERNE WOHNEN AUSWÄRTS

Roman von Olga Saah

Kapitel eins

Mit 47 Jahren erfüllte sich Eduard Fleischer einen Wunsch, von dem er glaubte, daß er ihn für den Rest seines Lebens glücklich machen werde.

Er kaufte sich in Gföhl, einem ziemlich kleinen Ort im niederösterreichischen Waldviertel, einen beinahe fertiggestellten Rohbau.

Die Wohnfläche des Rohbaus belief sich auf 62 Quadratmeter im Erdgeschoß, den kleinen Gang nicht dazugerechnet, und auf 58 Quadratmeter im ersten Stock. Durch die schmale, geschwungene Treppe, die in den ersten Stock führte, gingen einige Quadratmeter Wohnbereich, den Berechnungen in den Plänen zuwiderlaufend, verloren. Doch das ließ Eduard Fleischer kalt.

Überall wollte er das Haus bewohnen. Bis in den allerkleinsten und verborgensten Winkel wollte er dieses Haus bewohnen. Ja sogar auf jeder einzelnen Stufe, die in den ersten Stock führte, wollte er seine ureigensten Wohnvorstellungen verwirklichen. Keine Stufe sollte einer anderen gleichen. Die Beläge auf den Stufen sollten die verschiedenartigsten sein. Die schönsten Fliesen, die schönsten Teppiche aus Kokos- und sogar Gobelinmaterialien würden aus diesem roh betonierten Stiegenhaus ein Kunstwerk machen. Pflanzen sollten auf jeder Stufe wuchern. In Töpfen oder auf einem Teppich aus echtem Rasen. Ein stufig angelegter Wintergarten würde die süßesten Düfte der exotischesten Wunderblüten aus allen Kontinenten ausatmen und gleichzeitig Eduard Fleischers Bedarf an Winterkräutern decken. Ein Pflanzenparadies würde sein Weg vom Erdgeschoß in den ersten Stock sein. Es würde unbeschreiblich werden. Einzigartig und unbeschreiblich! In ganz Niederösterreich, ja sogar in Wien würde man über dieses Haus sprechen. Von überall her würden Journalisten, die sich mit Wohnkultur beschäftigen, kommen und ihn, den Schöpfer, um ein einziges Interview bitten und bedrängen. Alles wollte er selbst bauen. Er begann mit dem Gartenzaun.

Romana Wegscheider hieß die junge Frau, der Eduard Fleischer diesen beinah fertiggestellten Rohbau abgekauft hatte. Sie war die Mutter eines zweijährigen Zwillingspärchens. Ihr 24-jähriger Ehemann war vor etlichen Monaten auf der Heimfahrt von einer Landdiskothek um vier Uhr morgens, in angetrunkenem Zustand und mit überhöhter Geschwindigkeit, in einen Abgrund gerast. Gerade als ihm seine Geliebte, Monika Moser, mit der er in der Diskothek gewesen war, die Mitteilung machen wollte, daß sie ein Kind von ihm erwarte. Gerhard erwachte aus seiner Ohnmacht nicht mehr und verschied zwei Tage nach dem Unfall im Landeskrankenhaus der Stadt Krems. Er hatte es verabsäumt, für seine Frau und die Zwillinge eine Lebensversicherung abzuschließen. Die Möglichkeit seines persönlichen Ablebens war ihm noch gar nicht in den Sinn gekommen. Auf jeden Fall sah sich Romana Wegscheider, die 20-jährige Witwe mit einer abgebrochenen Friseurlehre, außerstande, die Geldmittel für den Weiterbau des Rohbaus aufzubringen. Nicht nur an Geld mangelte es ihr, sondern auch an Arbeitskraft. Ihr Vater, ein 42-jähriger Frühpensionist, der seit frühester Jugend auf sehr heftige Art und Weise den verschiedensten Weißweinsorten, die aus niederösterreichischen Rebstöcken gewonnen werden, zugesprochen hatte, war aufgrund eines Herzasthmaleidens nicht in der Lage, seiner Tochter in ihrer Not zu helfen.

Schweren Herzens kehrte Romana Wegscheider mit ihren Zwillingen in die elterliche Wohnung zurück und freundete sich mit dem Gedanken an, den Rohbau zu verkaufen. Sie gab in der zweitgrößten österreichischen Tageszeitung eine Annonce auf, die Eduard Fleischer zufällig entdeckte und deren Wortlaut ihm nicht mehr aus dem Sinn ging: „Bewohnbarer, ausbaufähiger Rohbau ...“

Seit seinem vierzehnten Lebensjahr hatte Eduard Fleischer als Verkäufer für „tragbare

Herrenmode" in einer Firma, die *Claires Erben* hieß, gearbeitet. Während der letzten zehn Jahre, seit dem Tod seines hochverehrten Chefs Karl Wunder, war für ihn jeder Arbeitstag eine Pein gewesen. Derart hatten ihn Karl Wunders Nachfolger geschunden und gequält und alles darangesetzt, um ihn aus der Firma zu vertreiben. Hätte Karl Wunder nicht vertraglich festgesetzt, daß Eduard Fleischer, was immer auch geschehe, bis zu seinem wohlverdienten Ruhestand in dieser Firma beschäftigt werden müsse, und hätte sich Eduard diesem außergewöhnlichen Vertrauensbeweis nicht verpflichtet gefühlt, er hätte die letzten zehn Jahre unter der Herrschaft von Karl Wunders Nachfolgern niemals durchgestanden. Trotzdem konnte er das in ihn gesetzte Vertrauen nicht erfüllen. Am Tag seiner schriftlich eingereichten Kündigung, der ein ärztliches Attest beigelegt war, besuchte er Karl Wunder auf dem Wiener Zentralfriedhof. Er ging zum Grab seines ehemaligen Chefs, dem er zweimal im Jahr einen Besuch abstattete - am Geburtstag seines Chefs und am Jahrestag seines Eintritts in Karl Wunders Firma -, hielt ihm das ärztliche Attest an den Grabstein und flüsterte: „Gnädiger Herr ..." Eduard Fleischer räusperte sich laut und zuckte mit dem Kopf in Richtung Schulter. Ein Tick, den er seit seiner frühesten Kindheit in Situationen großer Nervosität hatte. Dann sprach er weiter: „Es geht nicht mehr, gnädiger Herr. Es geht nicht mehr. Noch ein Magengeschwür mehr bedeutet meinen sicheren Tod. Es tut mir sehr leid. Ich danke Ihnen, aber das wissen Sie ja sowieso, für alles. Für gar alles. Aber es geht wirklich nicht mehr!"

Er spürte, daß er nicht in der seelischen Verfassung war, seinem Chef das gesamte Ausmaß seiner Beweggründe zu schildern. Als eine alte Frau damit begann, das Nebengrab mit einer Kinderharke von den heruntergefallenen Herbstblättern zu säubern, fühlte er sich in der Unterredung mit seinem Chef dermaßen gestört, daß er nur noch flüstern konnte: „Ich komme an ihrem Geburtstag wieder vorbei!“ Und er verließ den Zentralfriedhof, durch den Haupteingang, schnell.

Herr Karl Wunder war ein Lebemann in sehr wechselhaften Zeiten gewesen. Vor dem Zweiten Weltkrieg führte er ein recht flottes Leben als wohlbehüteter Sohn der Modistin Claire Wunder. Seine Mutter, die sich gerne „Madame“ nennen ließ, hatte ihn zwar stets mit einer gewissen Verachtung behandelt, doch davon merkte man Karl Wunder nichts an. Steckte Karl Wunder wieder einmal in Verlegenheiten oder Schwierigkeiten, war es stets Madame Claire, die ihren Sohn aus jeder Patsche zog. Ihr größter Wunsch wäre es gewesen, wenn Karl den Beruf eines Gynäkologen ergriffen hätte.

Als junges Mädchen hatte Klara eine recht eigenartige Affäre mit einem verheirateten Frauenarzt erlebt, der sich in das damals 18-jährige Mädchen auf seinem gynäkologischen Stuhl blitzartig verliebt hatte. Doktor Friedberg half Klara, die sich später Claire nannte, aus einer hochprekären Situation. Sie war im vierten Monat schwanger und fürchtete, viel mehr noch als die Schande, den Wutausbruch ihres Vaters. Sie dankte Doktor Friedberg für seine Hilfe mit einem 18 Jahre lang dauernden Verhältnis. Einmal pro Woche, jeden Mittwoch nachmittags, wenn die Sprechstundenhilfe frei hatte, besuchte Klara Wunder Doktor Friedberg in seiner Ordination.

Doktor Friedberg, ein Mann, der es mit der katholischen Religion sehr genau nahm, hatte Klara vorsichtshalber sterilisiert. Doch das wäre gar nicht notwendig gewesen, denn nachdem er nur ein einziges Mal in Klara eingedrungen war, fürchtete er die Weichheit und Wärme ihrer Vagina so sehr, daß es zu einem zweiten Versuch gar nicht mehr kam. Jeden Mittwoch wurde Klara, nachdem sie sich hinter einem chinesischen Paravent (gut gemachte Imitation) den Unterleib frei gemacht hatte, von Doktor Friedberg an den gynäkologischen Stuhl gefesselt. Dann verklebte er ihr die Augen mit Leukoplast.

Wenn sich Klara mit ihren weitgespreizten Beinen nicht mehr bewegen konnte, betrachtete Doktor Friedberg hingebungsvoll ihre hellrosa, fleischige Scham. Er begann ihre Klitoris mit Zeige- und Mittelfinger seiner rechten Hand, langsam und ganz sanft, zu massieren. Dabei betete er ein *Ave Maria* ums andere leise in sich hinein. Wenn es bei Klara dann fast soweit war und die sorgfältig angelegten Fesseln doch zu bersten schienen, drohte Doktor Friedberg Klara mit der Einstellung seiner Handbewegungen. Klara winselte und flehte in ihrer Verzweiflung schließlich den lieben Gott um Hilfe an.

„Bete, Klara! Bete, mein Kind!“ befahl ihr Doktor Friedberg in diesen Augenblicken. Und tatsächlich begann Klara, angesichts der Erregtheit ihrer menschlichen Sinne und der Drohungen des Doktors jedesmal laut und aufrichtig zu beten. Und ein nicht zu unterdrückendes Stöhnen während ihres Orgasmus war von einem zwar gehauchten, doch deutlich vernehmbaren, *Amen* begleitet.

In diesem Augenblick wurde Doktor Friedberg von einer höllischen Erregung erfaßt, und er begann jedesmal mit beiden Händen wie wild zu masturbieren. Der Schweiß rann ihm von der Stirn über das Gesicht, Speichel rann aus seinem Mund und tropfte vereinigt mit seinem Schweiß auf den hellgrau verfliesten Fußboden der gynäkologischen Praxis. Wie hypnotisiert fixierte er Klaras inzwischen blutrot gewordenes Geschlecht und schrie, zuckend und sich krümmend: „Engelchen, mein liebes, kleines Engelchen!“ Dann war alles wieder vorbei.

Doktor Friedberg ging in das Nebenzimmer und wusch sein Geschlechtsteil (von bescheidener Größe). Danach reinigte er lang und hingebungsvoll seine Hände, so als wollte er die Sündhaftigkeit der ganzen Welt durch das kleine Abflußloch davongeschwemmt wissen. Er brachte Unterhose und Hose in die richtige Lage und schlüpfte in einen von seiner Frau schneeweiß gewaschenen und gestärkten Arztkittel. Versonnen betrachtete er sein immer noch leicht gerötetes Antlitz im Spiegel über dem Waschbecken, kämmte sich und putzte schließlich seine Zähne.

Dann ging er zurück in das Nebenzimmer. Er trat neben den gynäkologischen Stuhl und entfernte behutsam das Leukoplast von Klaras Augen. Meistens fehlte ihr danach nicht eine einzige Wimper! Nachdem er sie auch von ihren

Fesseln befreit hatte, setzte er sich hinter seinen Schreibtisch. Während Klara hinter dem chinesischen Paravent ihre Kleidung in Ordnung brachte, erkundigte sich Doktor Friedberg nach ihrem Befinden.

Klara war Zuschneiderin in einem Haute-Couture-Salon in der Wiener Kärntner Straße.

Doktor Friedberg verehrte Klara Wunder sehr. Er wußte, daß sie ihm sein schwieriges und verantwortungsvolles Leben als Arzt und Oberhaupt einer achtköpfigen Familie, eine kränkelnde Frau, sechs Söhne und er selbst, um vieles erträglicher machte.

Jeden Samstag erzählte Doktor Friedberg seinem langjährigen Beichtvater von Klaras letztem Besuch. Der Beichtvater freute sich schon immer auf Doktor Friedbergs Beichte. Beim Beichterlebnis spielt für den Beichtvater das Talent der Beichtenden zur Schilderung die allergrößte Rolle. Doktor Friedberg gab bereitwillig Auskunft und erzählte so manches Detail. Obwohl Pater Salomon nie die ganze Wahrheit über Klaras Besuche herausfand, hatte er sich auf der Grundlage von Doktor Friedbergs Beichten eine ganze Reihe von abrufbaren Vorlagen in seiner Phantasie erarbeitet, die ihm so manche angenehme Situation in der Zelle seines Jesuitenklosters bereiteten.

Doch eines Tages geschah Furchtbares! Aufgrund einer Erkrankung wurde Pater Salomon von einem jungen Kollegen vertreten. Durch Gewöhnung und Vertrautheit unvorsichtig geworden, bemerkte Doktor Friedberg nicht, daß er es mit einem anderen Beichtvater zu tun hatte, und schilderte in gewohnter Weise Klaras letzten Besuch. Der junge Pater war angesichts derartiger Konfessionen in eine so heillose Erregung geraten, daß er sich gar nicht wieder beruhigen konnte. Als Sohn einer Bergbauernfamilie, der mit dem sinnlichen Leben bis dato in keinerlei näheren Kontakt gekommen war und über ein außergewöhnlich stark ausgeprägtes Maß an Selbstdisziplinierung und Unterdrückung von Gefühlen verfügte, bedeuteten derartige Revelationen eine Überlappung der nach oben und nach unten gekehrten Elementargrundsätze. Kurz und gut, es begann damit, daß der junge Pater ganz aufgeregt in seinem Beichtstuhl herumzurutschen begann. Erst zu diesem Zeitpunkt fiel es Doktor Friedberg wie Schuppen von den Augen, und er begriff, daß er sein Gewissen nicht bei seinem langjährigen Beichtvater erleichtert hatte. Aber jetzt war es zu spät. Die wesentlichen Einzelheiten dieser Affäre waren nicht mehr zurückzunehmen. Der junge Pater war zuerst sprachlos, dann empört und wollte schließlich alles ganz genau wissen. Bis ins allerkleinste Detail. Er beschimpfte und verfluchte Doktor Friedberg und drohte ihm schlußendlich sämtliche Höllenqualen an. Der Doktor verlebte die schrecklichsten Augenblicke seines Lebens. Die Stimme des aufgelösten Paters, der jetzt tatsächlich beinah schrie, drang, so erschien es Doktor Friedberg wenigstens, bis in die Ohren sämtlicher Kirchenbesucher. Fast ausnahmslos Bekannte von Doktor Friedberg!

Nachdem alle beschwörenden, gestotterten und gestöhnten Erklärungsversuche Doktor Friedbergs fruchtlos geblieben waren, gelang es ihm schließlich zufällig, den Pater wieder zu beruhigen. Er schlug in seiner Verzweiflung seine Stirn mit voller Wucht gegen die Holzverkleidung, auf die er seine gefalteten Hände gestützt hatte. Der lautstarke Aufprall - er brachte dem Gynäkologen ein blutiges Cut ein, das noch am selben Tag im Allgemeinen Krankenhaus mit sieben Stichen genäht werden mußte - ließ den jungen Pater in seinem Redeschwall endlich innehalten. Instinktiv nützte Doktor Friedberg diese Pause und tat das einzig Richtige. Er begann unterwürfig und verzweifelt um Vergebung zu winseln, versprach hoch und heilig, daß so etwas in seinem ganzen Leben, und sollte er 300 Jahre alt werden, keine Wiederholung finden werde. Er bot eine beträchtliche Geldsumme für die Renovierung des Gotteshauses und gelobte, hoch und heilig, bis ans Ende seiner Tage Buße zu tun. Das beruhigte den jungen Jesuiten. Nachdem er Doktor Friedberg tagelang dauernde Betbußen aufgebrummt hatte, entließ er ihn schließlich, nicht ohne ihn vorher noch, beim geheiligten und gemarterten Leib unseres Gottessohnes, künftighin zum Unterlassen derartiger Abscheulichkeiten zu verpflichten.

Doch für Doktor Friedberg war damit die ganze Sache noch nicht ausgestanden. Blutverschmiert verließ er den Beichtstuhl, ging mit gesenktem Haupt durch das Mittelschiff - die spärliche Schar der anwesenden Gläubigen erschien ihm wie eine Masse von Millionen und Abermillionen - und verließ die Kirche durch einen Nebeneingang, ohne es gewagt zu haben, seine Frau, die in der dritten Reihe saß, auch nur anzublicken.

Als er nach Stunden, mit genähter Platz-

wunde, die eheliche Wohnung betrat, war seine Frau dabei, alle Vorhänge und Gardinen in riesige Bottiche zu tauchen. Er fragte sie nie nach der Herkunft dieser eigenartigen Behälter. Seine Frau fragte ihn nie, was in diesem Beichtstuhl geschehen war. Über die Ereignisse dieses Tages wurde nie gesprochen.
Dennoch hatte die Beichte gewaltige Auswirkungen. Sie hatte bei Doktor Friedberg einen so nachhaltigen Schrecken bewirkt, daß er am nächsten Mittwoch, als ihn Klara besuchte, zu ihr sagte: „Gnädige Frau, ich bedaure zutiefst, aber ich kann Sie nicht länger behandeln!" Als er die drohende Katastrophe in Klaras Zügen abzulesen vermeinte, fügte er rasch hinzu, nachdem er sein Gesicht hinter den Händen verborgen hatte: „Klara, ich bedaure aufrichtig, aber mein Entschluß steht fest!"

Zum ersten Mal in 18 Jahren von Doktor Friedberg bei ihrem Vornamen angesprochen, begriff Klara, daß er es ernst meinte und daß es ihr nicht gelingen würde, ihn umzustimmen. Sie weinte kurz, zuerst heftig und laut, dann leise und sehr zurückhaltend.

Doktor Friedberg erstand für Klara, ohne mit ihr noch einmal persönlich in Verbindung zu treten, ein etwas heruntergewirtschaftetes Modegeschäft in der Taborstraße im zweiten Wiener Gemeindebezirk.

Madame Claire Wunder verfügte über Glück und Geschick bei der Auswahl ihres Personals. Sie hatte einen überdurchschnittlich ausgeprägten Sinn für Eleganz, wußte Bescheid über vorteilhafte Farben und Formen, und schon bald wurde der Salon *Chez Madame Claire* von den Bürgersfrauen des zweiten Bezirks als ernstzunehmender Einkaufstip akzeptiert.

Wie die meisten Menschen, die durch keinerlei Art von Liebe abgelenkt sind, wurde Klara Wunder schnell reich.

Doch Klara sehnte sich nach Liebe, nach einem Menschen, auf den sie sich verlassen konnte. Trotz ihrer heftigen Affäre mit Doktor Friedberg mußte sie bald erkennen, daß sie im Umgang mit Männern über keine große Erfahrung verfügte. Außerdem behinderten sie gewisse Dünkel, die sie bei möglichen Chancen zögern und aufschiebend reagieren ließen. Als Geschäftsfrau konnte sie natürlich auch nicht mit dem „Nächstbesten" …

Sie versuchte ihr Glück bei sämtlichen Gynäkologen der Stadt, ließ bei jedem eine routinemäßige Untersuchung über sich ergehen, doch keinem erging es so, wie es Doktor Friedberg ergangen war.

Als eine ihrer Näherinnen schwanger wurde, kaufte sie dem minderjährigen Mädchen den noch ungeborenen Karl Wunder ab. Der Handel wurde mit Karl Wunders Großeltern vereinbart, die Madame Claire als einen rettenden Engel in der Not betrachteten, ihr auf Knien dankten und ihr sogar mehrere Male die Hand küßten. Dieses Verhalten hatte zur Folge, daß Madame Claire ihrem Sohn immer mit einer gehörigen Portion Verachtung begegnete. Als dann noch dazu das junge Mädchen während Karls Geburt starb, mischte sich in diese Verachtung Angst, was dazu führte, daß sie ihrem späteren Sohn ständig mit der verzweifelten Intensität einer vermißten

Nähe gegenüberstand. Ihr ganzes Leben hindurch beruhigte sie ihr schlechtes Gewissen, das sie als Mutter hatte, mit Geldzuwendungen und anderen Dienstleistungen. Wie es bei so vielen Müttern geschieht, die, aus welchen Gründen auch immer, beladen mit Schuldgefühlen und einer gewissen Verschämtheit, den Kontakt mit diesen Wesen auf Verstoßen und Andienen beschränken oder ausdehnen. Je nachdem.

Als Klara Wunder vom Tod ihrer Näherin während Karls Geburt erfuhr, wollte sie nur eines: den Kauf auf dem schnellsten Weg rückgängig machen. Obwohl schon die Hälfte des Kaufpreises in Anwesenheit eines Notars übergeben worden war, zögerte sie keine Sekunde und suchte umgehend Karls Großeltern auf. Als diese den Preis für das Neugeborene drastisch reduzierten, die schon bezahlte Hälfte refundierten und schließlich gar eine Draufgabe vorschlugen, bekam Madame Claire einen Anfall von „guter-Mensch-sein". Ein einziger Satz hämmerte in ihrem Gehirn: „Ich muß das Kind aus den Händen dieser Kretins retten!"

Irene Fiala nahm den Hörer vom Telefon, das auf dem Nachtkästchen in diesem schäbigen Hotelzimmer stand, und wählte eine Null.

Bald darauf meldete sich eine unfreundliche Frauenstimme aus der Rezeption. Irene ließ sich mit dem Reisebüro, in dem sie arbeitete, verbinden, wartete eine Weile und sagte, als sich ihr Chef schließlich am anderen Ende der Leitung meldete, daß sie heute nicht zur Arbeit kommen könne, da sie mit einer schweren Grippe im Bett liege.

Aus dem Hörer drang zunächst unverständliches Gemurmel. Der besorgte Chef, der Irene als Mitarbeiterin schätzte und als Frau begehrte, fragte, ob er ihr irgendwie behilflich sein könne, Medikamente vorbeischicken, oder ihr einen Besuch abstatten solle. Da wurde es Irene zu kompliziert und sie imitierte einen herzzerreißenden Hustenanfall, röchelte ein bißchen und knallte den Hörer auf die Gabel.

Dieses Geräusch bewirkte, daß Peter Konrad langsam zu sich kam. Es war noch nicht lange her, daß er eingeschlafen war, und er brauchte eine ganze Weile, bis er die Ereignisse der letzten Nacht auf einen Nenner gebracht hatte. Großer Gott, was für einen Kater hatte er sich da nur wieder eingehandelt! Er versuchte zu schlucken und hatte das Gefühl, daß ihm, während er geschlafen hatte, ein Fell im Mund gewachsen war. Am meisten wunderte er sich, daß Irene schon wieder so frisch aussah. Sie hatte geduscht, war makellos geschminkt und fix und fertig angezogen. Als sich Irene zu ihm ins Bett warf und ihn liebevoll aber stürmisch an sich drückte, fand er, daß es besser sei aufzustehen. Er rappelte sich hoch und setzte sich an den wackeligen Tisch, der mitten im Zimmer stand. Irene redete zärtlich auf ihn ein: „Es tut mir leid, mein Liebster, daß du nicht weiterschlafen kannst, aber du weißt ..."

Sie lächelte ihn verschwörerisch an: „Für uns beide gibt es heute viel zu tun!"

In der Tat gab es für die beiden viel zu tun. Es gab sogar außerordentlich viel zu tun. Deshalb stand Konrad jetzt auf und schob Irene, die sich an seinen Hals klammerte, quer durch das ganze Zimmer.

Als sie vor der Tür zu stehen kamen, starrte sie ihn fassungslos an. Sorgenfalten standen auf ihrer Stirn, und ihre Züge verrieten Panik. „Warum willst du mich so schnell loswerden? Weißt du nicht mehr, was in der Nacht passiert ist?" fragte sie atemlos. Peter Konrad, ein Mann, dem es normalerweise am liebsten war, wenn sich die Frauen, mit denen er eine solche Nacht verbrachte, am nächsten Morgen in Luft aufgelöst hatten, erkannte, daß es sich bei Irene um einen besonderen Fall handelte, und er legte seinen Kopf an ihre Schulter. Jetzt fiel ihm ein, daß er sie unbedingt um eine Fotografie bitten wollte, er konnte sich nicht mehr daran erinnern, ob er gestern, wegen der sich überstürzenden Ereignisse, daran gedacht hatte oder nicht. Stotternd brachte er heraus: „Ich, du, ich möchte nicht allein hierbleiben. Du, du mußt mir etwas von dir dalassen. Ein Foto wenigstens …" Irene war von so viel Liebe gerührt und schnappte sich sein Sakko, das an der Türe aufgehängt war. Sie zog aus der Innentasche eines ihrer besten Fotos und hielt es Konrad vors Gesicht. Er nahm das Bild und drehte es um. Staunend las er die Widmung, die sie auf die Rückseite gekritzelt hatte: „Für immer Dein. Und meine ganze Liebe!" Erleichtert atmete Konrad auf und war sehr stolz, da er einmal mehr die Bestätigung hatte, daß er sich sogar dann, wenn alles drunter und drüber ging, auf sich selbst verlassen konnte. Heftig drückte er Irene an sich und küßte sie leidenschaftlich. Eigenartigerweise schien sie sein Fell im Mund überhaupt nicht zu stören. Nachher fragte er sie: „Weißt du überhaupt noch, wann und wo wir uns wiedersehen werden?" Diese Frage hätte er sich besser geschenkt, denn sofort bekam Irene wieder ihren panischen Gesichtsausdruck und wollte sich neuerlich vergewissern, daß er sich an die letzte Nacht auch wirklich erinnerte. „Aber natürlich, mein Herz!" meinte Konrad schnell und redete aufgeregt weiter: „Du weißt doch, würde ich an einen Gott glauben, ich würde ihm danken, daß ich dich kennenlernen durfte!" Das war wieder einer jener Sätze, die Irene liebte, und jetzt war die Welt für sie in Ordnung. Nachdem sie Peter Konrad einen schmatzenden Abschiedskuß auf den Mund gedrückt hatte – ihre Zunge ließ sie ein wenig zwischen seine Lippen gleiten –, verließ sie das Zimmer. Als sie durch den schwach beleuchteten Gang auf die Treppe zuging, blickte sie sich ein paarmal nach Konrad um, der in der geöffneten Türe stand und ihr nachwinkte. Nachdem sie um eine Ecke gebogen und er ihren Blicken entschwunden war, sprang sie singend die Treppen hinunter. Sie fühlte sich glücklich! Es schien ihr, daß jetzt endlich aus ihrem Leben doch noch das werden würde, wovon sie schon immer geträumt hatte. Seit Jahren hatte sie sich nicht mehr so gut gefühlt. Peter Konrad war ein toller Mann, soviel war gewiß, und sie beide harmonierten prächtig. In ihrem Magen rumorte es vor Glück und Aufregung.

Einzelheiten der letzten Stunden kamen ihr in den Sinn, und sie mußte nach Luft schnappen, so sehr hatte es sie gepackt.

Mit erhobenem Haupt marschierte sie an der Rezeptionistin, einer abgetakelten Prostituierten, deren jüngster Sohn, anstatt die Schule zu besuchen, mit einer Autorennbahn aus Plastik auf dem verdreckten Teppichboden spielte, vorbei. Sie verabschiedete sich souverän und damenhaft, als wollte sie damit klarstellen, daß dies die erste und letzte Nacht gewesen war, die sie in einer derart schäbigen Absteige zu verbringen gedachte.

Als sie auf der Straße stand, fand sie, daß ihr ein Spaziergang guttun würde, und sie entschloß sich, zu Fuß nach Hause zu gehen. Siegessicher und furchtlos überquerte sie den Gürtel, ohne darauf gewartet zu haben, daß die Ampel für Fußgänger Grün zeigte.

Heiß brannte die Julisonne auf die Stadt, als Harry Schulz an diesem Montagmorgen im Büro der Kriminalpolizei erschien.

Schon auf dem Gang, vor dem Zimmer von Oberinspektor Hirth, ließ ihn lebhaftes Geschnatter, bei dem sich besonders die schrille Stimme von Dorothea Winter hervortat, zusammenzucken.

Nachdem Harry eingetreten war, bemerkte er sofort, daß seine Kollegin, obwohl sie erst am vergangenen Abend von einem Kurzurlaub zurückgekehrt war, bereits wieder einmal alle Fäden in der Hand hatte. Sie saß auf der Kante von Adolf Hirths Schreibtisch, und zwar so, daß dieser der Versuchung, Dorotheas Oberschenkel durch den Seitenschlitz ihres hauchdünnen Sommerkleides zu erspähen, erst gar nicht widerstehen mußte. In der Tat schaute Hirth, während er Dorotheas Ausführungen lauschte, verträumt unter ihren Rock.

„Es beweist doch schon einiges!" erläuterte Dorothea mit aufgeregter Stimme: „Wenn dieser Pühringer, der in Frankfurt einsitzt, freundlicherweise aussagt, daß sein Kokainlieferant unserer peruanischen Leiche zum Verwechseln ähnlich sieht. Dieser Pühringer steht im Adreßbuch von Rodriguez gemeinsam mit zwei weiteren Personen, die nachweislich mit dem Verkauf von Kokain zu tun hatten. Also würde ich fürs erste vorschlagen, daß wir unseren Mörder in der Kokainszene suchen."

Dorothea warf ihre wallende, tiefrot gefärbte Mähne in den Nacken und sprang von Hirths Schreibtisch. Ohne Harry Schulz, der neben ihr stand, zu begrüßen, begann sie im kleinen Zimmer hin und her zu gehen.

„Das beste wäre, wenn wir uns mit dem Drogendezernat zusammentun würden", meinte Hirth.

„Ich weiß, wo wir anfangen könnten ...", mischte sich Harry, der die letzten Sätze des Gesprächs mitbekommen hatte, jetzt ein.

„Ja, wo denn nur?" fragte Dorothea gespielt interessiert und sagte ganz beiläufig erst jetzt: „Servus."

„Im *Atahualpa*."

Hirth und Winter schauten Harry an. Ausnahmsweise schien er einmal eine vernünftige Idee zu haben.

„Und wieso kommst du ausgerechnet auf das *Atahualpa*?" wollte Hirth wissen.

„Dort bin ich übrigens gestern am Abend noch kurz gewesen", sagte Harry schnell und ganz beiläufig.

„Was macht denn einer wie du im *Atahualpa*? Ist das nicht ein feines Lokal?" fragte ihn Dorothea spitz.

Harry überging diese Gemeinheit und antwortete: „Ich habe im Hotelzimmer des Toten Zündhölzer von diesem Lokal gefunden."

„Du hast *was*?" wollten Hirth und Winter gleichzeitig wissen.

Harry fühlte sich alles andere als wohl in seiner Haut und bemühte sich, seiner Stimme einen gleichgültigen Tonfall zu geben, als er zu seinem Chef sagte: „Weißt du nicht mehr ... Als du dir eine Zigarette angesteckt hast, da habe ich dir doch Feuer gegeben, und dort auf dem Tisch sind Streichhölzer gelegen."

„Du willst sagen, daß du ein Beweismittel mit nach Hause genommen hast?" freute sich Dorothea und lachte schrill auf.

„Ich habe es ohnehin gleich bemerkt und bin dann natürlich sofort hingefahren", stotterte Harry und blickte schuldbewußt auf seine Schuhbänder.

Er nahm die Streichhölzer aus seiner ausgebeulten Sakkotasche und schleuderte sie schwungvoll auf Hirths Schreibtisch. Weder Hirth noch Winter schienen die Streichhölzer im Moment zu interessieren, denn sie schenkten ihnen keinen einzigen Blick.

Statt dessen räusperte sich Hirth und sagte dann langsam: „Moment, Moment, alles schön der Reihe nach. Ich rekapituliere: Kollege Schulz hat am Tatort Streichhölzer mit der Aufschrift des Lokals *Atahualpa* gefunden, seinem Chef damit Feuer gegeben und das Beweismittel, vielleicht unser *einziges*, eingesteckt und mit nach Hause genommen?"

„Ja, genau. Das hat er getan, dieser Kollege Schulz!" sagte Harry und imitierte den dramatischen Ton in der Stimme seines Vorgesetzten.

„Eine stadtbekannte Kokainhöhle!" betonte Dorothea Winter, eine Frau, die von sich selbst annahm, die Weisheit mit dem Löffel gefressen zu haben.

„Und was ist dort gewesen? Was hast du dort gemacht?" wollte Hirth nach einer langen Pause, die Harry als durchaus unangenehm empfand, wissen.

„Na ja, angeschaut habe ich mir dieses Lokal. Was denn sonst?" antwortete Harry beleidigt.

„Und?" fragte Dorothea jetzt.

„Na ja, was soll ich sagen? Das ist ein stinkfeiner Laden mit eigenartigen Gästen, einem idiotischen Kellner und einem Besitzer oder Pächter, was weiß ich, der Peter Konrad heißt", sagte Schulz.

„Hast du den Besitzer verhört?" fragte Hirth.

„Nein", antwortete Harry betroffen.

„Dann gehe *ich* jetzt und hole über diesen Herrn Erkundigungen ein!" dachte Dorothea laut und ging schnell aus dem Zimmer.

Als Hirth und Harry Schulz allein waren, herrschte betretenes Schweigen. Nach einer Weile sagte Hirth mit weinerlicher Stimme: „Kollege, Kollege. Sie machen einem das Leben auch nicht gerade leichter. Was haben Sie sich nur dabei gedacht? Was soll ich jetzt mit Ihnen machen? Sie wissen doch hoffentlich, daß ich verpflichtet bin, derartige Vorfälle weiterzuleiten?"

Harry Schulz fühlte sich miserabel. Er wußte nicht, was er antworten sollte und ließ es bleiben.

Erst als Irene gegangen war, bemerkte Konrad, daß sein Herz ungesund pochte und sein Katzenjammer außergewöhnlich grausam war. Es stand wirklich schlecht um ihn, deshalb wollte er sich wieder in das zerwühlte Bett legen, ein paar Stunden schlafen, und seine Pläne für den heutigen Tag in den Wind schreiben. Aber dann gab er sich einen Ruck und überlegte sich etwas Besseres. Er ging zur Zimmertür, nahm sein Sakko vom Haken und begann die Innentaschen zu durchsuchen. Dort mußte, wenn er sich richtig erinnerte, noch ein Rest von seinem Kokain sein.

Er fand ein zerknittertes Briefchen und ging damit zum Tisch. Der Inhalt reichte gerade noch für zwei großzügige Linien, die er mit seinem silbernen, rubinbesetzten Sniffstäbchen in die Nasenlöcher zog. Während er mit der Zunge über das Verpackungspapier leckte, kam ihm Manúel Rodriguez in den Sinn, der ihm das Sniffstäbchen zu seinem letzten Geburtstag geschenkt hatte. Konrad knirschte mit den Zähnen, seine Zunge war wie gelähmt und sein Mund so trocken, daß er kaum schlucken konnte. Schnell ging er in das angrenzende Badezimmer, wo er seine Morgentoilette, über das Waschbecken gebeugt, notdürftig erledigte.

Nachdem er die Hotelrechnung beglichen hatte, setzte er sich hinter das Steuer seines *Carrera 4* und brauste los.

Während der Autofahrt fluchte er leise vor sich hin. Fast alles war schiefgegangen. Dieser Idiot von Rodriguez hatte alles versaut! Er wollte einfach nicht kapieren, daß er ihm den Stoff übergeben hätte müssen und nach dem Verkauf sein Geld auf der Stelle bekommen hätte. Dieser Trottel! Bei Gott, keinen Augenblick hatte er daran gedacht, Manúel Rodriguez zu betrügen. Er hatte ihn für einen Freund gehalten und wurde bitter enttäuscht. Warum waren die Menschen nur so? Er selber hätte für einen Freund alles getan. Er hatte für einen Freund alles getan. Für Manúel Rodriguez zum Beispiel! Jedes Mal hatte er sich bemüht, seine Wienaufenthalte so angenehm wie möglich zu gestalten. Er hatte ihm sogar, als sie sich vor über einem Jahr in Spanien kennengelernt hatten, das Geld für eine Lieferung vorgeschossen, ihm ein Flugticket gekauft, ohne ihn überhaupt richtig gekannt zu haben. So etwas nennt man Freundschaft! Alles hatte er für diesen Freund getan. Und jetzt plötzlich konnte sich dieser undankbare Mensch an nichts mehr erinnern. So waren sie, die Menschen. Tiere, die reinsten Tiere! Konrad beeindruckte Manúels Mißtrauen ihm gegenüber mehr als die Tatsache, daß er ihn umgelegt hatte. Das hatte er nicht gewollt! Außerdem wußte Rodriguez, daß er ein Waffennarr war, schließlich hatte er ihm seine Waffensammlung höchstpersönlich gezeigt. Konrad seufzte tief und wunderte sich noch immer, daß ihm der angebliche Freund derart verantwortungslos mitgespielt hatte.

Konrad schnüffelte und wischte sich einen Wassertropfen, der ihm aus der Nase lief, mit dem Handrücken weg. Er hatte das Gefühl, Kieselsteine zu schlucken. Außerdem wußten jetzt mindestens drei Personen, daß er ein Mörder war. Und zu allem Übel war er jetzt an diese Irene gekettet!

Nachdem sie gestern zu ihm ins Auto gestiegen war, hatte sie ihm sein eigenes Kokain, schnurstracks und ohne viel Herumrederei, zum Kauf angeboten. Die Geschichte, die sie ihm auftischte, wie sie an den Stoff und ausgerechnet auf ihn als möglichen Käufer gekommen war, klang so widersprüchlich, daß er ihr nicht eine Sekunde auch nur ein einziges Wort glaubte. Doch bald rückte sie mit der Wahrheit heraus. Als sie Konrad den Preis nannte, den sie für das Kokain haben wollte, mußte er hellauf lachen. Sie wollte ihn rupfen wie eine Weihnachtsgans. Wie einfach sich manche Leute das Leben vorstellen ...

Andererseits fand Konrad jetzt, daß er trotz allem wieder einmal enormes Glück gehabt hatte. Diese Irene war eine durchaus passable Person, ein bißchen naiv, das schon, aber abenteuerlustig und verdammt attraktiv. Zwischen Mitternacht und Morgengrauen war er für kurze Zeit richtiggehend in sie verliebt gewesen. Aber im Augenblick war nur wichtig, daß Irene in ihn verliebt war und ihre ganzen Versprechungen einhielt! Irene hatte ihm gestern eine Kostprobe vom Kokain, das sie ihm verkaufen wollte, gegeben. Es handelte sich um denselben Stoff, den Konrad aus Rodriguez' *Vicuñas* geholt hatte. Jetzt galt nur eines: kühles Blut zu bewahren und genau zu überlegen, welche Schritte als nächste unternommen werden mußten. Es gab wirklich noch viele Probleme aus der Welt zu schaffen, bevor er sein Leben wieder in vollen Zügen genießen konnte. Vor allen Dingen mußte er sich bei nächster Gelegenheit Irenes Nachtportier und dessen Komplizen vorknöpfen! Wäre er sicher gewesen, daß es sich bei den beiden um ebenso kleinkalibrige Nummern wie bei Irene handelte, hätte er keine Sekunde gezögert und ihnen das Kokain auf der Stelle wieder abgenommen. Alles, was ihm Irene letztendlich erzählt hatte, klang ehrlich und plausibel. Er hatte auch den Eindruck, daß sie ihm glaubte, daß es sich bei dem Mord einzig und allein um ein Mißverständnis handelte und alles die Schuld von diesem Peruaner gewesen war. Ansonsten wäre sie wohl kaum auf seinen Vorschlag eingegangen und mit ihm in dieser Absteige gelandet. Viel lieber hätte sie es gesehen, wenn sie zu ihm nach Hause gefahren wären. Doch das wollte er auf gar keinen Fall, deshalb erzählte er ihr etwas von einer Renovierung und Handwerkern. Er fand jetzt, daß seine ganze Situation so schnell wie möglich bereinigt werden müsse. Je länger er über Irene nachdachte, umso unheimlicher wurde sie ihm, denn er konnte diese Frau nicht richtig einschätzen. Einerseits war sie ausstaffiert wie Lady Di auf Staatsbesuch, andererseits lebte sie mit diesem Loser von Nachtportier, der jetzt noch dazu sein Kokain hatte. Etwas Dümmeres konnte es doch gar nicht geben. Was für ein Typ mochte der wohl sein? Und außerdem hatte der Nachtportier noch einen Freund an seiner Seite, den Irene selbst nicht kannte. Bei diesen Gedanken begann sich in Konrads Kopf alles zu drehen, deshalb machte er sich wieder daran, die Ereignisse der letzten Nacht gewissenhaft zu rekonstruieren.

Nachdem er Irene die Geschichte von den Handwerkern, die seine Wohnung renovierten, aufgetischt hatte, fragte sie nicht mehr lange und fand das Hotel ganz in Ordnung. Irgendwie liefen mit Irene die Dinge so einfach, daß es beinahe unglaublich erschien. Als Liebhaber hatte er seine allerbesten Kunststücke aus der Trickkiste gezaubert, das mußte man ihm schon lassen.

Er lächelte stolz, als er mit seinem *Carrera 4* in einem gewaltigen Stau durch die Altmannsdorfer Straße stadtauswärts zuckelte, und fragte sich, warum wohl diesmal die rechte Fahrspur bis zur Mitte aufgegraben worden war. Aber derartige Dinge war man in dieser gottverdammten Stadt schon seit langem gewohnt. Er hätte auf der Stelle fünf Hauptverkehrsstraßen nennen können, die ein ums andere Mal aufgegraben, wieder zugeschüttet und neu asphaltiert wurden, als wäre das Hauptanliegen der verantwortlichen Stadtväter, sämtliche Bauarbeiter der Nation, inklusive Gastarbeiter, mit Jobs zu versorgen.

Eine Million wollte Irene für den Schnee haben! Dafür wäre sie bereit gewesen, den Stoff im Reinzustand zu übergeben und die Namen und Adressen von den beiden Männern, die ihn im Hotel überrascht hatten, auszuspucken. Die Dame, dachte Konrad, muß in ihrem Leben schon eine ganze Menge Kriminalserien gesehen haben, denn ihre Ausdrucksweise war nicht einmal von dilettantischen heimischen Krimiautoren zu überbieten.

Als ihm Irene gestern in der *Klimt-Bar* des Hotels *Hilton* ihr Ansinnen vorgetragen hatte, hatte ihr Konrad tief in die Augen geschaut, ihre Hand genommen, die sie ihm sofort willig überlassen hatte, und gesagt: „Ich bin doch nie und nimmer in der Lage, eine Million Schilling aufzutreiben!"

Er hatte gelacht, denn es stimmte ja wirklich. Er hätte sich ganz schön anstrengen müssen, um soviel Geld zu organisieren. Während er Irene seine Situation erklärte, hatte sie ihn ungläubig angestarrt und vergessen, ihren Mund zu schließen: „Schauen Sie", zu diesem Zeitpunkt waren sie noch per Sie, „ich bin einer dieser typischen Kleingewerbetreibenden, die ihr ganzes Leben nur so tun als ob, und dann, eines Tages, vorausgesetzt sie halten es lange genug durch, dieses positive Theater vor Bankbeamten, Steuerberatern und Lieferanten, einen Konkurs heraufbeschwören und mit ein wenig Glück nicht einmal schlecht dabei aussteigen!"

Spätestens zu diesem Zeitpunkt war Konrad klargeworden, daß Irene von geschäftlichen Dingen, weder von Kokain noch von Unternehmensführung, nicht die geringste Ahnung hatte, und er hatte mit einem bedauernden Blick gemeint: „Aber so weit ist es bei mir noch lange nicht. Das Lokal, so schön und beeindruckend es für Außenstehende auch erscheinen mag, ist auf Pump gekauft, ich stecke bis zum Hals in Krediten. Und jetzt kommen Sie daher und glauben, daß ich so einfach eine Million Schilling aus dem Ärmel schütteln kann."

Peter Konrad hatte eine zweite Flasche Sekt bestellt, Irenes Glas vollgeschenkt und es vor sie hingeschoben. Dann hatte er gemeint: „Die Tatsache, daß Sie mich so hoch einschätzen, und Ihr Vertrauen ehren mich sehr, aber leider sehen Sie meine Lage vollkommen falsch. Ich bin schwer verschuldet!"

„Sie halten mich wohl für blöd!" hatte Irene verzweifelt und gekränkt gekreischt, und für diese Bar mit dem schummrigen Licht und der diskreten Musik viel zu laut gefragt: „Und was ist mit dem Kokain? Verdienen Sie damit etwa nichts?"

Konrad hatte sich entsetzt umgeschaut und war erleichtert, als er bemerkt hatte, daß die Gäste am Nebentisch sich in irgendeiner fremden Sprache unterhielten. Er hatte Irene aufgefordert, doch nicht so laut zu sprechen und ihr erklärt: „Sie haben anscheinend keine Ahnung, was so ein Leben, wie ich es führe, überhaupt kostet. 26.462 Schilling beträgt die monatliche Leasingrate allein für das Auto, 27.000 die Miete für das Lokal. 30.000 muß ich Monat für Monat bei der *Ersten Österreichischen Sparkasse* für die Inneneinrichtung meines Lokals zurückzahlen. Außerdem trage ich die Verantwortung für acht Angestellte und beschäftige einen Steuerberater; um Gottes Willen, wir haben ja bald wieder den Zehnten und das Finanzamt klopft an die Tür ... Und dann bin ich ein Junggeselle und führe natürlich auch nicht gerade ein billiges Leben."

Irene hatte ihn fassungslos angestarrt, versucht, die Beträge, die er anführte, im Kopf zu summieren und angestrengt nachgedacht. Peter Konrad hatte sich darüber gewundert, daß Irene bemerkenswert oft schnüffelte und, obwohl sie ein Glas Sekt nach dem anderen in sich hineinsoff, keinerlei Anzeichen von Berauschung bei ihr zu bemerken gewesen waren. Er war zum Ergebnis gekommen, daß sie gekokst haben mußte, und hatte den Vorschlag gemacht, das Lokal zu wechseln. Im Auto hatte er ihr Kokain angeboten. Dankend hatte sie akzeptiert, und zwei großzügig gelegte Linien gierig in ihre Nasenlöcher gesogen. Sie schien von dieser Droge sehr angetan zu sein. Konrad war noch nüchtern gewesen, da er bis zu diesem Zeitpunkt an seinem Glas eher nur genippt hatte. Er hatte seinen Oberkörper Irene zugewandt und gesagt: „Du hast mich vorhin gefragt, ob ich dich für blöd halte. Das tu' ich überhaupt nicht, aber ich glaube, daß du im Moment irgendwie den Boden unter deinen Füßen verloren hast! Was ist, wenn wir beide uns einigen, und dann rennt dein Freund, dieser Nachtportier, zur Polizei? Was ist das eigentlich für ein Typ?"

Irene hatte verstanden, daß dieser Punkt Konrad Sorgen bereiten mußte, und versichert, daß Blau nicht die Polizei einschalten werde. Sie kenne ihn in- und auswendig und sei überzeugt davon, daß so einer wie der mit der Polizei nichts im Sinn habe.

„Und woher soll ich wissen, daß von dem, was du mir erzählst, auch nur ein einziges Wort stimmt?" hatte Konrad gefragt, und seine Stimme hatte sehr besorgt geklungen. „Woher soll ich wissen, daß es nicht dein Nachtportier war, der dich als Lockvogel geschickt hat?" Er hatte überlegt, ob es nicht das beste wäre, Irene zu zwingen, gleich jetzt mit ihm gemeinsam diesen Nachtportier zu treffen. Sein Blick war über das Handschuhfach geglitten, in dem eine seiner Pistolen lag.

Irene hatte schwer beleidigt reagiert: „Ich war und bin und werde nie und nimmer für irgend jemanden ein Lockvogel sein!" hatte sie empört geschrien, und es tat ihr auf einmal beinahe leid, daß sie diesen Mann überhaupt aufgesucht hatte, und sie war drauf und dran gewesen, die Autotür zu öffnen.

Konrad hatte sie am Handgelenk gepackt und sie zurückgehalten.

Ob er für das Kokain eigentlich überhaupt etwas bezahlen wolle oder könne, hatte Irene schließlich interessiert, und sie hatte ungläubig den Kopf geschüttelt, als Konrad ihr gesagt hatte, daß der Peruaner für die Schuhe plus Inhalt nur zweihunderttausend Schilling bekommen hätte.

„Aber warum hast du ihn dann umbringen müssen? Oder sind zweihunderttausend schon zuviel?" schrie Irene, riß ihre Hand los und griff sich an den Kopf. Wie ein Häufchen Elend war sie neben Konrad im Auto gesessen. Diese Gelegenheit hatte er genützt und begonnen, einer plötzlichen Eingebung folgend, sanft ihren Hinterkopf zu streicheln.

„Bleib ruhig Mädchen, wenn du jetzt hysterisch wirst, bringt uns das überhaupt nicht weiter. Zweihunderttausend für einen Lieferanten sind ohnehin der absolute Freundschaftspreis. Was glaubst du, wie viele Leute in Peru so arm sind, daß sie dieses Geschäft für viel weniger Geld liebend gerne machen würden? Außerdem, meinst du, Kokain gibt es dort gratis?

Darüberhinaus darf man die Reisespesen plus Hotelkosten nicht vergessen."

Plötzlich hatte er seinen Tonfall geändert und ganz ruhig gesagt: „Natürlich bin ich bereit, für das Kokain zu bezahlen, aber niemals eine Million, und außerdem muß ich zuerst den Stoff haben, bevor ich überhaupt etwas tun kann. Wenn der Peruaner, dieser Idiot, das kapiert hätte, wäre ich – und vor allem er – erst gar nicht in diese Schwierigkeiten geraten. Er könnte noch leben, und ich könnte meine Rechnungen bezahlen."

„Ich glaube dir kein einziges Wort!" hatte Irene hervorgepreßt und seine Hand abgeschüttelt. Konrad hatte den Eindruck gewonnen, daß seine einzige Chance darin bestand, Irenes Vertrauen zu gewinnen, und er informierte sie, wie seiner Meinung nach das Geschäft ablaufen müsse.

Schließlich war von ihm der Vorschlag gekommen, daß er ihr, sobald er den Stoff verkauft habe, vierhunderttausend Schilling geben werde.

„Aber das ist doch viel zu wenig", hatte Irene gemeint, „wenn ein einziges Gramm schon mehr als zweitausend Schilling kostet!"

Peter Konrads Stimme hatte sehr sachlich geklungen, als er fortgefahren war: „Irene, du machst den gleichen Fehler wie die Polizei. Du fällst auf die gleiche Milchmädchenrechnung herein und beweist damit nur, daß du von derartigen Geschäften keine Ahnung hast. Ihr geht einfach her und multipliziert tausend Gramm mit einem Grammpreis von zweitausend Schilling. So kommt ihr auf so stolze Summen wie zwei Millionen. Außerdem sind in den Schuhen, die mir dein feiner Nachtportier abgenommen hat, niemals tausend Gramm, und ich kann mir vorstellen, daß so einer wie der selbst wie ein vom Dämon Besessener snifft.

„Woher willst du eigentlich wissen, wieviel Kokain in den Schuhen war!" hatte sich Irene ereifert.

„Ich weiß es, das kannst du mir schon glauben und außerdem, eine Überraschung für dich: Der Peruaner hatte noch woanders Stoff versteckt, und den haben mir diese beiden Galgenvögel nicht abgenommen, das ist nämlich das Zeug, das wir gerade konsumieren!"

Er hatte den Zeigefinger unter Irenes Kinn geschoben und ihr Gesicht so gedreht, daß sie ihm in die Augen sehen mußte. Irene hatte ihn erstaunt angestarrt, und Konrad hatte die Gelegenheit genützt, um ihr endgültig reinen Wein einzuschenken.

„Zweitausend Schilling kostet ein Gramm nur dann, wenn es auf dem Markt nicht genug Kokain gibt. Im Moment gibt es, soviel ich weiß, Schnee in Hülle und Fülle, oder?"

„Keine Ahnung!“ hatte Irene geflüstert, und das entsprach der Wahrheit.

„Momentan kostet ein Gramm vielleicht nur tausendfünfhundert Schilling, und jeder Dealer ist natürlich bestrebt, seinen Stoff so schnell wie möglich abzusetzen, das verringert nämlich sein Risiko, geschnappt zu werden. Welcher Dealer kann es sich heutzutage bei diesen Strafausmaßen erlauben, tausendmal ein einziges Gramm zu verkaufen? Wenn jeder Kunde nur eine einzige Person ins Vertrauen zieht, hat er sich bereits eine Schar von zweitausend potentiellen Verrätern herangezüchtet! Nehmen wir einmal an, dein Nachtportier und sein Freund verkaufen den Stoff im Alleingang und versniffen von fünf Gramm zwei selber ... Du kannst dir ja ausrechnen, wieviel Geld schlußendlich für dich übrigbleiben würde!“

„Aber der Stoff ist ja noch nicht gestreckt!“ hatte Irene aufgebracht zurückgegeben.

Konrad hatte sie fassungslos angeschaut: „Mit gestrecktem Kokain will ich nichts zu tun haben!“ hatte er entsetzt abgewunken. „Wenn man dieses reine, kristallklare Kokain strecken würde, das ist als ob ... das ist wie ...“, endlich war ihm eingefallen, was das wäre: „das wäre eine Sünde!“

Nach diesen Ausführungen hatte Konrad tief Luft geholt und schweigend durch die Scheibe des geparkten Wagens in die Nacht gestarrt.

Irene war zusammengesunken auf dem Beifahrersitz gesessen und hatte sich geschämt. Es war ihr schleierhaft gewesen, warum es ihr so wichtig war, daß Konrad eine gute Meinung von ihr hatte. Sie hatte eine wahnsinnige Wut auf Walter Blau bekommen, der bereits so verkommen und imstande war, reinstes peruanisches Kokain zu strecken. Walter war ihr vollkommen ungeeignet erschienen, um in dieses Geschäft erfolgreich einsteigen zu können. Nach einer Weile des Schweigens hatte Konrad freundschaftlich vorgeschlagen: „Ich habe den Eindruck, daß wir im selben Boot sitzen. Das ist ein beinharter Job, den wir uns da ausgesucht haben, und um damit das große Geld zu machen, müssen wir sehr clever sein und brauchen eine Menge Glück."

In diesem Moment hatte sich Irene Fiala entschlossen, ihm zu vertrauen. Die Tatsache, daß sie mit einem richtigen Mörder im Auto saß, hatte sie eigenartigerweise überhaupt nicht beunruhigt. Als Peter Konrad nach einer längeren Pause gefragt hatte: „Und jetzt sag mir bitte, was ist denn eigentlich los zwischen dir und deinem Nachtportier? Was läuft denn so schräg zwischen euch?" Da hatte ihm Irene gestanden, als wären sie uralte Freunde, daß es sich bei dieser Beziehung um einen einzigen Irrtum handle, daß sie die Nase gestrichen voll habe und keinen anderen Wunsch, als diesen Burschen loszuwerden. Konrad hatte Irene ganz förmlich seine Freundschaft angeboten und versprochen, ihr nach der Rückgabe des Kokains beim Ordnungschaffen in ihrem Leben zu helfen. Irene war ganz ruhig sitzengeblieben, ohne Peter Konrad anzusehen, und hatte gewartet, bis er sie in seine Arme nahm.

Während Konrad an mehreren Ständen auf dem Grüngroßmarkt Frischgemüse für den heutigen Speiseplan des *Atahualpa* auswählte, kam er zu dem Schluß, daß, nach allem was in der letzten Nacht zwischen ihnen beiden geschehen war, diese Irene durchaus annehmbar war. Und daß ihm in seiner Lage nur Freundschaft weiterhelfen konnte. Um Walter Blau, diesen mistigen Hotelportier, würde er sich bei nächstbester Gelegenheit kümmern. Er spürte, daß der Markt und die vielen natürlichen Düfte wie immer eine beruhigende Wirkung auf ihn ausübten, und verfrachtete drei

Kisten voll mit frischestem Gemüse und Obst übereinandergestapelt auf den Rücksitz seines Wagens.

Auf dem Weg zurück in die Stadt überlegte er sich, daß seine Situation zwar nicht leicht, aber keineswegs aussichtslos war.

Alle Beteiligten steckten voll in der Illegalität, und das schien ihm in diesem Fall ein enormer Vorteil zu sein.

Harry Schulz trabte langsam und nachdenklich die Stufen zu seiner Abteilung hoch. Die Ergebnisse, die er zu berichten hatte, waren äußerst dürftig. Er konnte den peruanischen Konsul, dem er gerade einen Besuch abgestattet hatte, nur mit Mühe und Not dazu bewegen, Nachforschungen über die Identität des Toten in die Wege zu leiten. Der Konsul, ein mittelalterlicher Kotzbrocken im Nadelstreif, bezweifelte von vornherein und bis zuletzt die Identität der Leiche. Er fühle sich ausschließlich Weisungen aus seiner Heimat verpflichtet, beteuerte er immer wieder. Und als Draufgabe belehrte er Harry, daß die peruanische Kokainproblematik, verglichen mit der kolumbianischen, unbedeutend und kaum der Rede Wert sei, und das Ganze in einem miserablen Deutsch. Dieses Gespräch war unglaublich, und Harry Schulz zermarterte sich während des Treppensteigens das Gehirn, wie er die Überheblichkeit und Dummheit dieses Konsuls am besten in Worte kleiden könnte. Als er vor der Türe des Büros von Oberinspektor Hirth angelangt war, klopfte er kurz an und betrat dann schwungvoll das Zimmer. Erleichtert atmete er auf, als er bemerkte, daß sich niemand für ihn zu interessieren schien. Ein Beamter vom Drogendezernat war anwesend und hielt Adolf Hirth und Dorothea Winter einen Vortrag, dem die beiden interessiert lauschten:

„Es ist bekannt, daß die Kundschaft des *Atahualpa* mit dem Konsum von Kokain in Verbindung gebracht wird. Es wird auch angenommen, daß der Besitzer, ein gewisser Peter Konrad, in diese Geschäfte verstrickt ist. Allerdings ist es bis dato nicht gelungen, dem Konrad etwas Konkretes nachzuweisen. Bisher hat noch kein Verdächtiger, der im Zusammenhang mit Kokain einvernommen worden ist, ausgesagt, daß ihm Peter Konrad Drogen verkauft hat. Es gab auch keinerlei Hinweise, die eine Razzia in diesem Lokal gerechtfertigt hätten. Keinem der Mitarbeiter des Drogendezernats, die als Agents provocateurs in das *Atahualpa* eingeschleust worden sind, ist es bisher gelungen, Peter Konrad auch nur ein einziges Gramm Kokain abzukaufen. Und diese Männer verstehen sich auf ihren Job! Alles, worauf sie sich stützen konnten, waren Gerüchte, die gibt es allerdings massenhaft. Nachforschungen beim Meldeamt haben ergeben, daß Peter Konrad eine Eigentumswohnung in der Klostergasse vier, im achtzehnten Wiener Gemeindebezirk bewohnt. Außerdem besitzt er einen Waffenschein. Obwohl Konrad auf großem Fuß zu leben scheint, dürfte er über Vermögen im eigentlichen Sinn nicht verfügen, allerdings kann man sich da natürlich täuschen.

Bemerkenswert ist darüber hinaus, daß Konrads Strafregister bis zum heutigen Tag keine einzige Vorstrafe aufweist. Außer Geldstrafen für Falschparken, Geschwindigkeitsübertretungen und andere Kleinigkeiten, die allerdings in horrendem Ausmaß, kann man ihm nichts vorwerfen.

Im *Atahualpa* ist ein gewisser Alfred Römer als Kellner beschäftigt, dessen Strafregister überaus beeindruckend ist. Jahrelang hat er sein Leben mit Diebstählen und diversen Betrügereien finanziert, ist aber seit der Verbüßung einer mehrjährigen Haftstrafe, und das ist auch schon wieder eine Zeitlang her, anscheinend nicht wieder straffällig geworden. Außerdem weist nichts darauf hin, daß Römer jemals mit dem Suchtgiftgesetz in Konflikt geraten ist."

Damit war der Drogenbeamte mit seiner Schilderung am Ende.

Dorothea legte ihre Stirn in Falten, und Hirth spielte nachdenklich mit seinem Füllfederhalter. Als Harry Schulz beiläufig erwähnte, daß der Besuch beim peruanischen Konsul soviel wie gar nichts gebracht habe, überlegte sich Hirth eine Aufgabe, mit der er Schulz betrauen konnte. Er blickte ihn kurz an und sagte: „Harry, bitte schau noch einmal im Hotel *Atlantis* vorbei! Laß dir von allen Mitarbeitern, die während der letzten zwölf Monate im Hotel beschäftigt sind oder waren, Name, Adresse und Telefonnummer geben. Mit jeder und jedem einzelnen möchte ich mich unterhalten!"

Harry atmete erleichtert auf. Er war froh, daß er das Büro seines Vorgesetzten so schnell wieder verlassen konnte, verabschiedete sich und machte die Tür hinter sich zu.

Harry Schulz wanderte den Graben entlang. Die Hitze war noch unerträglicher geworden. Er blickte zum Himmel, dieser war milchig weiß und zeigte kein einziges Wölkchen, das auf ein Gewitter und damit auf etwas Abkühlung hätte schließen lassen. „In meinem Häuschen müßte es jetzt angenehm sein", schoß es ihm durch den Kopf, und er bereute diesen Einfall auf der Stelle, denn sofort kam ihm Olga in den Sinn, die wahrscheinlich noch immer in seinem wunderschönen Futonbett schlief und ihren gestrigen Alkoholspiegel in seine neue Bettwäsche schwitzte. Beim Gedanken an diese Frau schauderte ihn. Was war ihm da nur wieder passiert? Ein verkommenes, gefährdetes und erfolgloses Wesen, das sich für eine begnadete Schriftstellerin hielt und ihren Kopf nur dazu verwendete, um ihre perverse Scheiße darin herumzuschleppen. Was mußte das für eine Frau sein, in deren Hirn sich die abscheulichsten Gestalten tummelten: Schneiderinnen, die sich an Gynäkologenstühle fesseln ließen und ungeborene Kinder kauften. Grauenhaft! Es war einfach grauenhaft, und noch viel grauenhafter war die Vorstellung, daß er sich für ein derart verkommenes Wesen interessiert hatte. Mehr noch, verfallen war er ihr gewesen. In diesem Moment kam ihm der Verdacht, daß er es immer noch war, denn es wurde ihm bewußt, daß er es in seiner Hose mit einer ausgewachsenen Erektion zu tun hatte. Um sich abzulenken, um auf andere Gedanken zu kommen, warf er einen Blick in das riesige Schaufenster der Buchhandlung *Gerold*, an der er gerade vorbeiging, und traute seinen Augen nicht. Sein erster Gedanke war, daß ihm sein Unterbewußtsein einen Streich spielte, deshalb blieb er stehen und starrte fassungslos auf die zahlreichen Bücher, die schön angeordnet aufgestellt oder in thematisch zueinanderpassenden Gruppen hingelegt worden waren. Vor Entsetzen wich er einen Schritt zurück und las erst jetzt die riesige Plastikschrift, die sich über die halbe Auslagenscheibe zog: „Woche des persönlichen Erlebens“. Sein Blick erfaßte die Bücher, und er schnappte nach Luft. Auf einem Buchumschlag war eine Frau dargestellt, die auf allen Vieren kniete und um deren Hals ein Hundehalsband gekettet war. „Die sexuellen Phantasien der Frauen“ lautete der Titel, und links daneben prangten mehrere Bücher aus der Serie „Die autobiographische Reihe“: „Mein Mann ist Exhibitionist! Na und?“, „Liebe und Hiebe im Zeichen des Wassermanns“, Untertitel: „Sind Sadomasochisten die besseren Väter?“

Harry wandte sich angewidert ab und ging weiter. Was war das nur für eine Zeit? Was waren das für Menschen, die solche Bücher schrieben? Ein Buch von Olga hätte in diese Auslage gepaßt! Olga, Olga, er mußte einen Weg finden, um diese Frau aus seinem Gehirn zu verscheuchen. Harry betrat das *Café Europa*, sein Lieblingslokal, und ging in den ersten Stock. Dort fand er einen Platz, von dem er eine gute Aussicht hatte. Er liebte es, die Menschen von oben zu betrachten. Leider war bei dieser Hitze der Graben wie ausgestorben. Harry bestellte sich einen Eistee und schlürfte das Getränk mit einem Strohhalm, während er in einer Illustrierten blätterte, die jemand auf dem Tisch zurückgelassen hatte.

Sein Blick blieb an einer Überschrift hängen: „Zahntechnik im Jahr 2000" las er, und daneben posierte ein blondes Fotomodell lachend auf einem Zahnarztstuhl. Sofort kamen ihm Olga und ihr idiotischer Gynäkologenstuhl in den Sinn, und er blätterte eilig zur nächsten Seite. „Laser statt Bohrer – die Zeit der Schmerzen ist vorbei!" Harry wurde nachdenklich und las diesen Satz noch einmal. Auf seiner hohen Stirn erschien eine kleine Denkfalte, und er rieb sich die rechte Wange. Je länger er nachdachte, um so besser gefiel ihm die Idee, die ihm gerade gekommen war: Vielleicht hatte er einen Weg gefunden, wie er Peter Konrad in ernsthafte Schwierigkeiten bringen konnte!

Peter Konrad lud einen Teil des Gemüses auf dem Gehsteig ab, steckte den Schlüssel in das Schloß seines Lokals und bemerkte, daß die Tür unversperrt war. Er betrat das *Atahualpa*, bepackt mit zwei aufeinandergestapelten Kisten, die er zu einem der leeren Tische schleppte. Wieder einmal fiel ihm auf, daß das Lokal bei Tag beklemmend und düster wirkte.

Hinter der Bar lehnte Alfred Römer und trank aus einer großen Tasse Kaffee. Konrads Miene erhellte sich, denn er war heilfroh, daß Alfred schon da war und er endlich Gelegenheit hatte, sich mit seinem besten Freund zu unterhalten.

„Warum bist du heute schon so früh hier?" fragte ihn Konrad fröhlich.

„Gestern ist es spät geworden, und ich war zu müde, um

aufzuräumen. Darum bin ich heute früher gekommen. Ich hab' sowieso nichts Besseres zu tun bei dieser unerträglichen Hitze!"

Die beiden unterhielten sich ein wenig über das Wetter, bevor Konrad Alfred bat: „Hol bitte die Gemüsekiste, die auf dem Rücksitz steht, und such für das Auto einen Parkplatz!"

Gönnerhaft warf er Alfred den Porscheschlüssel zu, den dieser geschickt auffing. Nach einer Weile stellte Alfred eine weitere Kiste mit Brokkoli und Artischocken ab. Dann verließ er das Lokal noch einmal, setzte sich hinter das Steuer des schwarzen *Porsche* und fuhr mit dem Auto, das Konrad mitten auf dem Gehsteig abgestellt hatte, auf die Straße.

Als er wieder zurückkam, hatte Konrad ein Glas voll Cognak für Alfred auf den Tisch gestellt und bat ihn, sich zu setzen. Noch bevor Alfred etwas fragen konnte, war Konrad aufgestanden und sagte, seinen Blick auf den riesigen *Tumi de Oro* gerichtet:

„Ich hab' den Rodriguez erschossen!"

Alfred zuckte zusammen und trank den Cognak in einem Zug aus:

„Du hast was?"

„Erschossen hab' ich ihn. In seinem Hotel."

„Das glaub' ich nicht. Mit so etwas macht man doch keine Scherze!" murmelte Alfred Römer und war ganz blaß.

„Ich mach' keine Scherze! Wenn du mir nicht glaubst, dann kauf dir heute am Abend die Zeitungen von morgen, da wird alles drinnenstehen."

„Was willst du jetzt machen? Was wird jetzt passieren?" wollte Römer wissen, nahm die Cognakflasche, vom Tisch und schenkte sich noch einen kräftigen Schluck nach.

Peter Konrad zog einen Stuhl ganz knapp zu Alfred, schaute ihm tief in die Augen und sagte mit einer Stimme, in der eine Bitte lag: „Alfred, du mußt mir jetzt helfen!"

Alfred rieb sich mit beiden Händen das Gesicht, so als wolle er einen Alptraum verscheuchen. „Und wo ist der Stoff?" wollte er plötzlich wissen.

„Den haben mir zwei Typen abgenommen, und diese Frau, die gestern hier gewesen ist, will ihn mir jetzt verkaufen."

Er machte mit dem Kopf eine Bewegung in die Ecke der Bar, wo gestern Harry Schulz und Irene Fiala gesessen waren.

„Was ist das für eine Frau? Wie kommt die an das Koks? Wieso will die den Stoff verkaufen? Was will diese Frau von dir?"

Konrad waren so viele Fragen auf einmal zuviel. Er nippte an seinem Cognak und bat Alfred, ihm einen Mokka zu brauen. Doch der wollte jetzt vom Kaffeekochen nichts hören und fragte weiter: „Wie ist das passiert? Wieso läßt du dir von zwei Typen den Stoff abnehmen? Kennst du die?"

Konrad riß die Augen auf und schrie: „Na du bist gut, leg du einmal einen um und flieg dann auf einem dunklen Gang über einen Körper! Ich bin so erschrocken, sag' ich dir, hab' die Panik bekommen und bin gelaufen. Ich schleiche mich aus dem Zimmer von Manúel, da kniet ein Typ auf dem Boden vor der Tür, als ich ihn weggestoßen habe – ich bin ja förmlich über ihn drübergestolpert – sind mir die Schuhe aus der Hand gefallen und als dann noch ein zweiter aufgetaucht ist, bin ich nur noch gerannt!"

Alfred schaute seinen Chef an, als sähe er ihn heute zum ersten Mal und rückte etwas von ihm ab. Nach einer Weile fragte er leise: „Und wo ist der Stoff jetzt?"

Konrad mußte lachen, als er sagte: „Dich scheint der Stoff viel mehr zu interessieren als der Mord." Beim Wort „Mord" zuckte Römer zusammen, und bevor er weiterfragen konnte, erzählte ihm Konrad, daß sich Rodriguez heftig geweigert hatte, ihm den Stoff zu geben: „Er wollte das Geld sofort, und da habe ich durchgedreht."

„Aber du kannst doch nicht hergehen und einen Menschen umbringen! Du hättest ihn überzeugen müssen. Warum hast du ihm nicht vorgeschlagen, daß er bei der Übergabe dabeisein kann?“ fragte Römer atemlos.

Er fand seine Überlegung genial: „Genau das hättest du tun müssen, dann wäre überhaupt nichts passiert.“

„Du hättest müssen! Du hättest müssen!“ äffte ihn Konrad nach. Er nahm die Flasche vom Tisch, setzte sie an die Lippen und nahm einen großen Schluck. Als er sie wieder auf den Tisch zurückstellte, schien es, als reiße ihn eine gewaltige Welle des Selbstmitleids mit sich fort. Er sah aus wie ein Kind, das von seiner Mutter kein Eis bekommt, und fragte mit weinerlicher Stimme: „Und wer hilft mir? Wer fragt mich, wie es mir geht?“

„Was wirst du der Polizei erzählen?“ kam es ungerührt von Römer.

„Welcher Polizei? Laß die Polizei aus dem Spiel!“ zischte Konrad.

„Du mußt sofort verschwinden!“ fand Alfred.

Konrad starrte Alfred Römer verständnislos an: „Bist du verrückt? Wieso soll ich verschwinden? Das Weib, das gestern hier war, ist die Alte von dem, der im Hotel als Nachtportier arbeitet, der auf dem Gang auf der Lauer gelegen ist. Der Stoff ist jetzt in einem Kühlschrank in einer Wohnung im 7. Bezirk. Wir müssen nur den zwei Verrückten, die mich überrascht haben, den Mund stopfen!“

„Wer wir?“ fragte Römer, jetzt vollkommen entgeistert.

Konrad sprang auf und warf dabei die Flasche auf dem Tisch um. „Na du und ich, wer denn sonst?“

Römer hatte die Flasche aufgefangen und wieder vor Konrad hingestellt. In seinem Kopf flogen die Fetzen. Jetzt ist es soweit, dachte er, jetzt ist der endgültig übergeschnappt.

„Heute in der Nacht bereinigen wir die Angelegenheit

mit dem Nachtportier und seinem Komplizen, ich weiß, wo er wohnt und werde mir von Irene die Wohnungsschlüssel geben lassen. Dort fahren wir hin und überraschen den guten Mann!"

Alfred Römer war ganz blaß. „Und wer soll hinter der Bar arbeiten?"

„Die Susi wird doch einmal allein zurechtkommen."

„Wird sie nicht, der Trampel!"

„Dann sperren wir heute eben früher zu. Wir können doch nicht einfach so tun, als ob nichts passiert wäre und den beiden Ganoven den Stoff überlassen!"

„Hast du nicht gesagt, daß du den Stoff heute abend wieder bekommst?"

„Natürlich bekomm ich den!" herrschte Konrad, dem die Begriffsstutzigkeit seines besten Freundes auf die Nerven zu gehen begann, Alfred an.

„Das geht sich doch alles nicht aus. Wenn wir dem eine Abreibung verpassen, läuft der doch sofort zur Polizei, oder willst du den auch umlegen oder alle beide?" versuchte Römer eindringlich auf seinen Chef einzureden. „Die einzige Chance, die du hast, ist, daß du dem Nachtportier den Stoff läßt, dann hat er wenigstens einen Grund, den Mund zu halten." Aber nach einer kurzen Pause meinte er zweifelnd: „Und das ist nicht sicher."

„Was meinst du damit?" fragte Konrad eisig.

„Ich meine, schau, Peter, du sitzt in der Scheiße! Man kann nicht einfach einen Menschen erschießen und glauben, daß danach alles so weitergehen wird wie vorher."

Die beiden Männer schwiegen. Konrad ergriff den Cognakschwenker und drehte damit Kreise auf der Tischplatte. Nach einer Weile sagte er ganz ruhig: „Jetzt ist es schon so wie es ist, und du mußt mir ein Alibi verschaffen, verstehst du? Wenn dich jemand nach mir fragt, mußt du sagen, daß ich den ganzen Abend und die ganze Nacht hier gewesen bin. Es muß so aussehen, als hätte ich die Nacht in meinem Büro verbracht. Zum Glück bin ich durch den Hof gegangen."

Der Kellner wurde noch eine Spur blasser. „Hoffentlich hat dich von der Küche aus niemand gesehen", sagte er, und es klang wie eine Frage.

Konrad reagierte nachdenklich: „Soviel ich weiß nicht. Alle sind mit dem Rücken zu mir gestanden."

„Wenn das nur stimmt!" hoffte Römer und rieb sich die Hände, als wäre ihm kalt: „Ich weiß gar nicht, ob dir ein Alibi von mir viel nützen wird."

„Was meinst du damit?" fragte Konrad gereizt.

„Ich meine, schau, Peter, bei meinem Vorstrafenregister wird mir die Polizei nicht allzuviel glauben. Du solltest dir vielleicht jemand anderen suchen."

Konrad starrte Römer feindselig an und sagte leise: „Du und kein anderer wird mir dieses Alibi verschaffen, verstanden! Und vergiß nie, daß du es warst, der den Schalldämpfer für meine Pistole gebastelt hat."

Römer war jetzt schneeweiß im Gesicht und wagte nicht zu widersprechen.

„Wie spät ist es eigentlich gewesen, als du das Lokal am Samstag zugesperrt hast?" fragte ihn Konrad plötzlich.

Alfred überlegte einen Moment, bevor er sagte: „Als die letzten endlich draußen waren, muß es gegen vier gewesen sein. Beim Nachhausegehen war es schon ganz hell, und die Vögel haben gesungen."

„Das spricht ja auf alle Fälle für mich", stellte Konrad erleichtert fest und glaubte in diesem Moment wieder unerschütterlich daran, daß alles gut gehen würde.

In diesem Moment betraten Adolf Hirth und Dorothea Winter das Lokal. Alfred Römer sprang auf, lief den Beamten entgegen und sagte viel zu laut und unfreundlich: „Aufgesperrt wird um 18 Uhr. Ist draußen groß angeschrieben!“

Hirth zog seine Polizeimarke und hielt sie Römer vors Gesicht. Dieser wich entsetzt zurück und verschwand schnell hinter der Bar, wo er sofort geschäftig herumzuräumen begann. Konrad ging zu Hirth und starrte gebannt auf die Kokarde in dessen Handfläche – einen Adler mit ausgebreiteten Flügeln. Er sah so eine Marke zum ersten Mal in seinem Leben. Hirth räusperte sich und sagte: „Die Herren reagieren so entsetzt, als hätten sie mit unserem Besuch geradezu gerechnet.“

Dann stellte er sich und Dorothea vor: „Oberinspektor Hirth von der Kriminalpolizei, Abteilung Gewaltverbrechen, und meine Kollegin Dorothea Winter.“

Jetzt hatte sich Konrad wieder unter Kontrolle. Er gab zuerst dem Oberinspektor und dann Dorothea Winter die Hand, stellte sich mit einer angedeuteten Verbeugung vor und meinte ganz nebenbei: „Ich habe gar nicht gewußt, daß es bei unserer Polizei so fesche Inspektorinnen gibt!“ Während er das sagte, schaute er Hirth an und bemerkte, daß dieser zustimmend nickte.

„Und was kann ich für Sie tun?“ fragte Konrad höflich und machte mit dem Kopf eine Geste. Die beiden Beamten verstanden und gingen zu einem freien Tisch, wo sie Platz nahmen. Römer wieselte hinter der Theke hervor und servierte die Cognakflasche und die schmutzigen Gläser schnell ab.

„Wir ermitteln in einem Mordfall!“ sagte Hirth, und Dorothea meinte zu bemerken, daß Konrad das Blut in den Kopf schoß und sich sein Gesicht rötete. Doch Konrad sagte mit bemerkenswert gefaßter Stimme: „Und wieso kommen Sie da zu uns, wenn man fragen darf?“

„Sie dürfen, Sie dürfen“, flötete die Inspektorin und legte die Streichholzschachtel vor Konrad auf den Tisch. Dann holte der Oberinspektor ein Foto des Ermordeten aus einer

Faltbrieftasche und legte es daneben. Die beiden beobachteten Konrad gespannt. Der warf einen flüchtigen Blick auf seinen toten Freund, und in diesem Moment tat ihm Manúel aufrichtig leid. Warum hatte er ihm nicht einfach vertraut? Er hätte einen ruhigen Deal gemacht und Manúel sofort seinen Anteil ausgezahlt.

Er wurde aus seinen Gedanken gerissen, als ihn der Oberinspektor fragte: „Herr Konrad, kennen Sie diesen Mann?"

Konrad sah Hirth treuherzig an und sagte: „Nein, ich kenne diesen Mann leider nicht, oder besser gesagt, glücklicherweise."

Dorothea gab den Streichhölzern einen Schubs, und hätte sie Konrad nicht aufgefangen, wären sie auf dem Boden gelandet.

„Was ist denn mit diesem Mann passiert?" fragte Konrad.

„Dieser Mann ist in der Nacht von Samstag auf Sonntag in einem Wiener Hotel ermordet worden. Erschossen!" sagte Dorothea und legte viel Pathos in ihre Stimme.

„Und deshalb kommen Sie zu mir?" fragte Konrad leicht amüsiert.

„Bei der Leiche wurden diese Streichhölzer gefunden!" informierte ihn Hirth kurz und bündig.

„Ach so", sagte Konrad erleichtert, ihm fiel ein Stein vom Herzen.

„Wir haben Tausende solcher Zünder machen lassen, ein geschickter Vertreter hat mir das eingeredet!" Konrad machte eine Pause: „In einem Hotelzimmer, sagen Sie?"

„Ja, auf dem Tisch sind die Zünder gelegen!" entfuhr es Dorothea, und sie bemerkte auf der Stelle, daß sie einen enormen Fehler begangen hatte, denn Konrad fragte prompt: „Vielleicht hat sie schon früher jemand dort gelassen oder vielleicht jemand vom Personal?"

Hirth, der sich über Dorotheas vorlaute Art in diesem

Moment maßlos ärgerte, versuchte zu retten, was es noch zu retten gab, und log im Brustton der Überzeugung: „Das Zimmermädchen beschwört, daß diese Zünder von niemand anderem als dem Toten stammen können!“

Konrad ließ sich jetzt nicht mehr aus der Fassung bringen. Er schaute die beiden Beamten abwechselnd aufrichtig an und meinte seufzend: „Ich schwöre Ihnen, da kommen Dinge vor, wenn man so ein Lokal hat. Ich könnte Ihnen vielleicht Geschichten erzählen ... Da gibt es Leute, die erzählen überall herum, daß sie mit mir dick befreundet sind, und dann kenne ich die gar nicht. Wissen Sie, es gibt Menschen, die wollen in einem Lokal unbedingt bekannt und mit dem Besitzer befreundet sein. Das ist für manche so etwas, wie eine Familie zu haben. Ein Lokal ist ein andauerndes Ein und Aus, ein Kommen und Gehen, und wenn man bei so vielen wie möglich eine Art Freundschaft herstellt, dann ist es gut für das Geschäft, dann – und nur dann – kommen die Gäste immer wieder. Es ist nicht nur das Essen, das man natürlich nicht vernachlässigen darf, es ist auch nicht die Dekoration und die Einrichtung, und nicht einmal auf die Atmosphäre kommt es so sehr an. Es ist vielmehr ein gewisses Gefühl, das man in einem bestimmten Lokal hat. Eigentlich ist es immer nur das Gefühl, glauben Sie mir das, Herr Inspektor!“

Als Konrad bemerkte, daß ihm Hirth nachdenklich zuhörte, nützte er die günstige Gelegenheit und fragte: „Übrigens, verzeihen Sie meine Unhöflichkeit, darf ich Ihnen etwas anbieten?“ Er überlegte eine Weile, schätzte, daß es sich beim Oberinspektor um einen Mann handelte, der einem kräftigen Schluck nicht abgeneigt war, und meinte dann: „Ein Whisky vielleicht?“

„Danke, aber im Dienst trinken wir nicht!“ sagte Dorothea schnippisch. Konrad deutete Hirths bedauernden Gesichtsausdruck richtig und setzte nach: „Da fällt mir etwas ein. Mit etwas ganz Besonderem könnte ich aufwarten. Einem *Calvados*!" Er machte eine kurze Pause: „Der ist 40 Jahre alt!"

Hirth, der Frankreich und *Calvados* liebte, holte tief Luft und platzte heraus: „Überredet!" Er schaute seine Kollegin von der Seite an und überlegte sich einmal mehr, was für einen Sinn bestimmte Dienstvorschriften haben sollten.

„Alfred, sei so lieb und bring den *Calvados*! Und die richtigen Gläser, die kleinen mit dem Goldrand!" rief Konrad in das Hintere des Lokals, wo man Römer geräuschvoll hantieren hörte. Nach kurzer Zeit erschien Römer und servierte die verlangte Flasche und die schweren Calvadosgläser auf einem Silbertablett. Während der Kellner die Gläser füllte, schaute sich Hirth anerkennend im Lokal um: „Ein schönes Lokal haben Sie da, Herr Konrad!" sagte er und meinte schließlich: „Sagen Sie mir nur das Eine, sicher werden Sie öfter danach gefragt, wie sind Sie auf diesen ausgefallenen Namen gekommen?"

„*Atahualpa*!" strahlte Konrad. „*Atahualpa* war der vierzehnte und somit der letzte Inka. Eine bemerkenswerte und schicksalhafte Figur in der Geschichte! Auf *Atahualpa*!" rief er jetzt, nahm das Glas und prostete den beiden Inspektoren zu.

Hirth nippte würdig an seinem Glas, und sogar Dorothea, die sich normalerweise nicht für Schnäpse begeistern konnte, war davon überzeugt, etwas ganz Besonderes zu trinken. Konrad nützte die entspannte Atmosphäre und erzählte die Geschichte von seinem geglückten Leben: „Ich bin früher einmal Kellner gewesen, müssen Sie wissen. Nach jahrelanger Schufterei habe ich mir eines Tages die Frage gestellt – Sie wissen, es gibt so entscheidende Augenblicke im Leben eines jeden –, warum eigentlich nicht für die eigene Tasche arbeiten? Ein südamerikanisches Restaurant, habe ich mir gedacht, müßte gut gehen ..."

„Da scheinen Sie ja die richtige Idee gehabt zu haben", meinte Hirth anerkennend und fragte Konrad: „Die Inkas lebten doch in Peru, wenn ich mich nicht irre?"

„In Peru *und* in weiten Teilen von Bolivien", sagte Konrad schnell. „Wissen Sie, damals hieß in der Inkasprache dieser Teil von Südamerika *Tiwantinsuyo*. Als ich das Lokal aufgemacht habe, las ich zufällig ein Buch über die Inkas. *Atahualpa*, von dem wir gerade gesprochen haben, hatte es mir ganz besonders angetan. Wußten Sie eigentlich, daß er den spanischen Vizekönig im Schachspiel besiegt hat?"

„Der Tote im Hotel war auch ein Peruaner!" unterbrach Dorothea Konrads kulturhistorische Ausführungen.

„Ein Peruaner?" fragte Konrad erstaunt und schien betroffen zu sein.

„Aber das haben wir Ihnen doch gesagt", behauptete Hirth. „Warum machen Sie jetzt auf einmal so einen erstaunten Eindruck?"

Konrad wußte nicht mehr, ob ihn die Beamten über die Nationalität des Toten informiert hatten oder nicht. Er fürchtete, daß sie ihm eine Fangfrage gestellt hatten und er unaufmerksam gewesen war und einen Fehler begangen hatte. Jetzt stotterte er: „Keine Ahnung! Was geht das mich an, ob Ihr Toter ein Peruaner gewesen ist oder nicht? Ich muß mir ja nicht alles merken, was Sie sagen." Er hatte sich in Rage geredet und fand es eine gewaltige Frechheit, wie ihn diese zwei Idioten behandelten.

„Warum regt Sie das so wahnsinnig auf?" fragte Dorothea süffisant.

Konrad schnappte nach Luft: „Na, Sie sind gut! Natürlich regt mich das auf. Was wollen Sie überhaupt von mir? Sie tauchen hier einfach auf, stellen mir eine Reihe von Fragen und wollen mir daraus einen Strick drehen!" Konrad war jetzt aufgesprungen: „Ich glaube, das Beste ist, wenn ich meinen Rechtsanwalt verständige."

Hirth und Winter schauten Konrad fasziniert an, es kam selten vor, daß einem Verdächtigen schon nach so kurzer Zeit die Nerven durchgingen.

„Aber, aber, Herr Konrad, es will Ihnen doch niemand einen Strick drehen!" besänftigte Hirth schließlich, beinahe gütig.

„Bin ich für Sie ein Verdächtiger, weil ich ein südamerikanisches Restaurant besitze und Sie einen toten Peruaner in einem Hotel gefunden haben? Nur weil Ihr Toter ein Peruaner ist, muß ich noch lange nicht im Verdacht stehen, oder?" wollte Konrad jetzt wissen.

„Diese Streichhölzer sind ein eigenartiger Zufall, finden Sie nicht?" fragte Dorothea Konrad und schaute ihm lange in die Augen. „Übrigens war der Tote im Hotel *Atlantis* ein Kokaindealer. Herr Konrad, wissen Sie noch, wo Sie vorgestern nach Mitternacht gewesen sind?"

Konrad schaute sich hilfesuchend nach Alfred um: „Natürlich weiß ich, wo ich vorgestern gewesen bin. Hier natürlich, wo soll ich sonst gewesen sein?" Er rief in Richtung der Bar: „Alfred, bitte komm!" Doch Alfred ließ sich nicht blicken. Konrad schaute Winter feindselig an. Er konnte Flintenweiber nicht ausstehen, und diese hier ging ihm ganz besonders auf die Nerven.

Während Konrad sie noch immer haßerfüllt anstarrte, wurde die Tür schwungvoll aufgerissen, und Harry Schulz betrat das Lokal. Er hielt sich die rechte Wange, steuerte schnurstracks auf den Tisch, an dem sie saßen, zu, und blieb davor stehen.

„Was machst du denn hier?" fragte Dorothea und starrte ihren Kollegen verständnislos an.

„Chef, ich hab' unerträgliche Zahnschmerzen bekommen!"

Hirth konnte es nicht glauben: „Und deshalb spürst du mich hier auf und störst mich bei meiner Arbeit? Warum gehst du nicht zum Zahnarzt?"

„Ich habe in deinem Büro angerufen, und dort hat man mir gesagt, daß ihr im *Atahualpa* seid. Ich habe nämlich ein Problem. Mein Zahnarzt hat seine Ordination geschlossen. Es ist Juli."

Als Konrad die entsetzten Beamtengesichter sah, mußte er fast lachen. Er lehnte sich auf seinem Stuhl zurück und genoß Harrys Auftritt.

„Du bist der letzte Idiot", schrie Dorothea. „Bist du nicht einmal mehr in der Lage, deine Zähne in Ordnung zu halten?"

Hirth rieb sich das Gesicht mit beiden Händen und trank Dorotheas *Calvados* in einem Zug aus. Jetzt schaute Harry Konrad hilfesuchend an und fragte ihn: „Haben Sie keinen guten Zahnarzt? Sie müssen wissen, daß ich auf diesem Gebiet alles andere als ein Held bin, ich wäre Ihnen überaus dankbar, wenn Sie mir einen Zahnarzt empfehlen könnten!"

Konrad musterte Harry amüsiert und sagte dann: „Aber natürlich kenne ich einen Zahnarzt, einen sehr guten sogar."

„Und was mache ich, wenn der seine Praxis auch gerade geschlossen hat?" jammerte Harry.

„Der ist nicht auf Urlaub. Er war letzte Woche mit seiner Frau zum Essen hier und hat mir erzählt, daß er erst im September seine Praxis für drei Wochen zusperrt. Die beiden werden nach Schottland fahren."

„Wunderbar, Sie sind meine Rettung!" freute sich Harry und klopfte Konrad jovial auf die Schulter. „Könnten Sie mir den Namen geben und seine Adresse?" Harry hielt bereits seinen Notizblock in der Hand und notierte : „Dr. Walter Kunsang, Schönbrunner Straße 14."

Jetzt war Hirth aufgestanden, er war ganz weiß im Gesicht, so rasend ärgerte er sich über seinen Untergebenen, und schrie: „Hören Sie sofort mit diesem Schwachsinn auf. Ich verbiete Ihnen, noch länger von Ihren idiotischen Zähnen zu sprechen. Dieser Streich wird ein Nachspiel haben, das schwöre ich Ihnen, so wahr ich Hirth heiße!"

Konrad schaute den Polizisten erfreut an und meinte: „Aber, aber, Herr Oberinspektor, wer wird denn so herzlos sein, haben Sie noch nie Zahnschmerzen gehabt?"

Harry fand, daß es an der Zeit war, sich zu verabschieden, er bedankte sich erneut bei Konrad und ließ sich noch einmal versichern, daß Dr. Kunsang wirklich sein persönlicher Zahnarzt war.

Dorothea und der Oberinspektor blickten einander noch immer verständnislos an, als plötzlich Alfred Römer wieder hinter der Bar auftauchte. Konrad holte ihn an den Tisch und ließ sich von seinem Kellner das Alibi für die Nacht von Samstag auf Sonntag bestätigen. Alfred beteuerte, daß er seinem Chef bis in die frühen Morgenstunden in dessen Büro Gesellschaft geleistet hatte.

Nach einer Weile standen die Beamten auf und verabschiedeten sich von den beiden Männern. Bevor sie das Lokal verließen, wandte sich Oberinspektor Hirth noch einmal an Konrad und fragte: „Bevor ich es vergesse, Herr Konrad, besitzen Sie nicht einen Waffenschein?"

„Ja, ich besitze einen Waffenschein und eine Waffe, stellen Sie sich vor!" antwortete Konrad aufgeregt und ging auf den Oberinspektor, der in der Nähe der Tür stand, zu. „Eine *Desert Eagle*, wollen Sie sie sehen? Sie ist in meinem Büro."

„Eine *Walther* PPK, Kaliber 7,65 haben Sie nicht auch zufällig in ihrem Büro?"

„Nein, das ist doch die Bewaffnung unserer Polizei, wenn ich nicht irre?"

„Nein, nein, Sie irren sich nicht, aber das sind ja ganz nette Dinger, von denen Sie leicht auch eins haben könnten, oder?" lachte Dorothea Konrad ins Gesicht.

„Wollen Sie die Pistole jetzt sehen oder nicht?" fragte Konrad ganz sachlich.

„Beim nächsten Mal", sagte der Oberinspektor und ließ Dorothea beim Hinausgehen den Vortritt.

Peter Konrad schaute zur Tür, dann ging er zu seinem Kellner, blieb vor ihm stehen und blickte ihm in die Augen. Alfred Römer wich dem Blick seines Chefs aus.

„Dem glaub' ich kein einziges Wort!" sagte Dorothea zum Oberinspektor, als sie wieder auf der Straße standen. Die Türen des Dienstautos waren weit geöffnet, doch keiner der beiden konnte sich entschließen, in das aufgeheizte Fahrzeug zu steigen.

„Schnösel, ein Mensch ohne Wirbelsäule, ein Kriechtier," sagte der Oberinspektor nachdenklich zu sich selbst.

Dorothea blickte ihn bewundernd an und war erleichtert: „Und ich habe schon befürchtet, daß Ihnen der wirklich sympathisch ist, Chef!"

„Aber nein, wieso kommen Sie denn auf so eine Idee?" wunderte sich Hirth. „Allerdings bringt es keinen Vorteil für unsere Arbeit, wenn wir den Verdächtigen unsere Abneigung auf die Nase binden."

„Sie sind ein guter Polizist, und ich bin stolz, daß ich mit Ihnen arbeiten darf", sagte Dorothea zu ihrem Chef, und in ihrer Stimme schwang aufrichtige Bewunderung. Sie schaute Adolf Hirth über das Dach des Dienstwagens gerade ins Gesicht und bemerkte, daß er das Kompliment genoß, denn er lächelte erfreut und fast verlegen. Dorothea nützte die günstige Gelegenheit um den verhaßten Kollegen Schulz bei ihrem Vorgesetzten ein wenig anzuschwärzen und setzte nach: „Aber der Harry ist ein Trottel, unglaublich wie der sich aufgeführt hat, finden Sie nicht?"

Hirths Gesichtsausdruck wurde wieder kühl und gleichgültig, als er sagte: „Ich kann mir nicht vorstellen, daß unser Harry sich ohne triftigen Grund so blöd benimmt. Der führt sicher etwas im Schilde."

Dorothea schaute den Oberinspektor nachdenklich an, dann setzte sie sich verärgert hinter das Steuer und warf die Autotür heftig zu.

Nach einer Weile fragte sie: „Und was machen wir jetzt mit dem Konrad?"

„Für einen Haftbefehl reicht das, was wir gegen ihn vorzubringen haben, sehr wahrscheinlich nicht aus. Es bleibt uns also nichts anderes übrig, als klassisch vorzugehen", antwortete Hirth enttäuscht und nahm ächzend auf dem Nebensitz Platz.

Während Dorothea startete und den ersten Gang einlegte, blickte sie ihren Chef komplizenhaft von der Seite an, hob den rechten Zeigefinger und rezitierte Hirths running gag: „Observieren, observieren, observieren!"

„Genau", erwiderte Hirth humorlos und wischte sich mit einem weißen Taschentuch den Schweiß von der Stirn.

Mitten auf der Schönbrunner Straße sprang Harry Schulz aus dem Taxi und drückte der Chauffeuse einen Hundertschillingschein in die Hand, ohne sich überhaupt nach dem Fahrpreis erkundigt zu haben. Er suchte das Haus mit der Nummer vierzehn und bemerkte ein Schild, das an die Hauswand montiert war.

Dr. Walter Kunsang
Facharzt der Zahnheilkunde
Ordination Mo. – Fr. 14 bis 19 Uhr. – Alle Kassen

Er ging durch das große Haustor, fuhr mit dem Lift in den ersten Stock und läutete. Sofort ertönte der Summton des automatischen Türöffners. Dr. Kunsangs attraktive Assistentin fragte ihn nach seinem Krankenschein und für wann er bestellt sei. Harry bedauerte, daß er weder einen Krankenschein noch einen Termin hatte, und entschuldigte sein unangemeldetes Kommen mit rasenden Schmerzen.

„Wann sind Sie denn das letzte Mal hiergewesen?“ fragte sie.

„Ich bin noch nie hiergewesen“, meinte Harry, und die Assistentin schaute ihn erstaunt an. „Ein Freund hat mir Dr. Kunsang empfohlen, aber bitte fragen Sie nicht so viel, sondern sagen Sie lieber dem Zahnarzt, daß es sich bei mir um einen Notfall handelt!“

„Sie sind gut, zunächst müssen Sie für den fehlenden Krankenschein einen Einsatz von fünfhundert Schilling leisten, und außerdem müssen Röntgenbilder gemacht werden. Bitte nehmen Sie einen Augenblick im Wartezimmer Platz, die Röntgenassistentin wird sich gleich um Sie kümmern.“

Harry tat, was ihm gesagt wurde und schaute sich ein wenig in der gediegenen Praxis um. Die Sprechstundenhilfe verschwand hinter einer gepolsterten Tür, durch die das penetrante Surren eines Zahnarztbohrers zu hören war.

Nach etwa fünfzehn Minuten erschien Dr. Kunsang, ein großgewachsener, eleganter Mann zwischen 30 und 40 Jahren, im Wartezimmer und bat Harry einzutreten.

„Entschuldigung Herr Doktor, daß ich ohne Anmeldung einfach so hereinplatze, aber ein gemeinsamer Freund schickt mich, der Peter.“

Dr. Kunsang wußte nicht, um welchen Peter es sich handelte.

„Peter Konrad, dem das *Atahualpa* gehört.“

„Ach so“, sagte Dr. Kunsang, und seine Miene erhellte sich. „Sie haben Schmerzen, hat mir meine Assistentin gesagt?“

„Ja“, stöhnte Harry, „wahnsinnige Schmerzen. Aber darüber hinaus habe ich noch ein viel größeres Problem.“

„Ein größeres Problem?“ fragte der Zahnarzt interessiert.

Harry Schulz trat von einem Bein auf das andere und stotterte: „Ja wissen Sie, ich meine, ich habe ein nicht ganz alltägliches Konsumverhalten. Und da ... also es ist so, daß, wenn ich eine lokale Betäubung brauche, eben aufgrund meiner Konsumgewohnheiten Spritzen bei mir ganz anders wirken als bei normalen Menschen!“ Harry brach atemlos ab und schaute den Doktor hilfesuchend an.

Der Zahnarzt hatte ihm zwar aufmerksam zugehört, schien ihn aber nicht richtig zu verstehen.

„Wissen Sie, Herr Doktor, ich nehme Kokain!“ trat Harry jetzt die Flucht nach vorn an und atmete, nachdem das gesagt war, erleichtert auf.

Jetzt kapierte der Arzt, worum es Harry ging und meinte fröhlich: „Ich verstehe, Sie haben das Schneeproblem.“

Harry atmete auf: „Genau, genau. Das ist es, was ich habe, ein Schneeproblem.“

Dr. Kunsang bat Harry, auf dem Behandlungsstuhl Platz zu nehmen. Während er ihm einen Plastikschutz umlegte, meinte er: „Machen Sie sich wegen der Anästhesie keine Sorgen, in solchen Fällen habe ich noch jedes Mal einen Ausweg gefunden.“

Der Arzt betrachtete erstaunt Harrys Röntgenbilder, die die Assistentin gebracht hatte, und schüttelte ein paarmal den Kopf. „Ich kann mir diese Schmerzen überhaupt nicht erklären! Okay, bei Ihren Zähnen muß natürlich einiges gemacht werden. Vor allen Dingen empfehle ich dringend, daß wir diese schrecklichen Amalgamplomben entfernen, denn Gold ist wesentlich gesünder. Aber woher ihre momentanen Schmerzen kommen, ist auf den Röntgenbildern nicht zu erkennen. Lehnen Sie sich nach hinten und machen Sie den Mund weit auf!"

Harry gehorchte und riß seinen Mund so weit wie er nur konnte auf. Dr. Kunsang, der an einer ausgeprägten Aidsphobie litt, hatte sich hauchdünne Plastikhandschuhe übergestreift und begann nun Harrys Zähne mit einem Metallstab abzuklopfen. Als er den linken Vierer noch nicht einmal richtig berührt hatte, schrie Harry auf: „Das ist er, genau an dieser Stelle tut es weh!" Und er wollte den Mund gar nicht wieder aufmachen. Der Doktor versprach ihm, daß er sich den Zahn ganz vorsichtig anschauen und ihm überhaupt nicht weh tun werde.

Nachdem er die kritische Stelle von allen Seiten untersucht hatte – bei der kleinsten Berührung machte Harry ein Riesentheater –, meinte der Arzt: „Wenn Sie tatsächlich so große Schmerzen haben, bleibt mir nichts anderes übrig, als eine Wurzelresektion vorzunehmen."

Harry setzte sich auf: „Nein, Herr Doktor", bettelte er, „bitte, bitte nur keine Wurzelbehandlung. Ich komme um vor Schmerzen. Noch dazu, wo bei mir diese ganzen Spritzen nicht wirken. Ich nehme Kokain! So eine Spritze ist für mich der reinste Witz, verstehen Sie!"

Der Arzt mußte lachen: „Wieviel nehmen Sie denn von dem Zeug?"

„Eine schöne Menge!" sagte Harry verzweifelt. „Der Peter Konrad ist mein Ruin. Immer wieder schleppt er noch größere Mengen von dem verdammten Zeug an."

„Kokain ist eine angenehme Droge, aber natürlich nur dann, wenn sie richtig eingesetzt wird. Wenn man ein paar Gläschen zuviel getrunken hat, zum Beispiel, oder wenn man nicht zum Schlafen gekommen ist", philosophierte der Zahnarzt vor sich hin.

„Ach, Sie nehmen selbst auch Kokain!" bemerkte Harry erleichtert. „Dann müssen Sie ja wissen wie das ist!"

„Aber nur ab und zu und immer nur in ganz kleinen Mengen. Außerdem ist mir das Zeug einfach zu teuer."

„Für einen Zahnarzt zu teuer? Sie müssen doch eine Menge Geld verdienen?" wunderte sich Harry.

„Auch für einen Zahnarzt!" bemerkte Doktor Kunsang und wollte sich wieder Harrys Vierer zuwenden.

„Und wie soll ich die Schmerzen aushalten?" jammerte Harry.

„Das müssen wir ausprobieren. Aber beruhigen Sie sich, es ist ganz normal, daß Patienten, die eine hohe Kokaindosierung gewöhnt sind, auf einfache Dosen nicht reagieren, da Novokain, das Lokalanästhetikum, das wir verwenden, ein Kokainderivat mit ganz ähnlicher Wirkung ist. Aber ich kann Sie beruhigen, bis zu einer fünffachen Dosis kann ich ohne weiteres steigern."

„Bis zum Fünffachen der Dosis?" gab sich Harry erschrocken. „Kann mir da nichts passieren? Wieviel geben Sie dem Peter Konrad?"

„Mit der drei- bis vierfachen Dosis habe ich ihn schmerzfrei."

„Ist das eigentlich ein gutes Kokain, das der Peter verkauft, Sie als Arzt müssen das doch beurteilen können?"

„Ich glaube schon", erwiderte der Arzt beiläufig, aber dann fragte er nun doch ein wenig ungehalten: „Aber wollen Sie sich nun behandeln lassen oder nicht?"

Da sprang Harry vom Stuhl, riß sich den Plastikschutz herunter, fischte aus der Hosentasche seine Marke und gab sich als Polizist zu erkennen. Dr. Kunsang war so verstört, daß er mit Harry, der noch dazu plötzlich mit Handschellen herumfuchtelte und ihm befahl, aufs Kommissariat mitzukommen, die Praxis verließ, ohne nach einem Haftbefehl gefragt zu haben.

An diesem Nachmittag klopfte Robert Sommer zuerst sachte, dann immer heftiger, gegen Walter Blaus Wohnungstür. Verzweifelt fragte er sich, warum ihm keiner aufmachte.

Der simple Grund war der, daß Walter Blau noch immer wie ein Murmeltier schlief und Irene es nicht wagte, die Tür zu öffnen.

Starr saß sie am Küchentisch, sehnte sich nach Peter Konrad und hoffte, daß die Zeit schnell verging, bis sie sich endlich mit ihm treffen konnte. Sie verstand jetzt gar nicht mehr, warum sie es so eilig gehabt hatte, nach Hause zu kommen.

Walter schlief zwar wie ein Toter, war es aber nicht, denn er atmete, davon hatte sie sich überzeugt, regelmäßig und tief.

Von Zeit zu Zeit nippte sie an einer Kaffeetasse, ließ aber auch das, als das Klopfen noch lauter wurde, bleiben. Sie wollte nicht das geringste Geräusch machen, das diese aufdringliche Person an der Türe veranlassen hätte können, noch länger zu läuten und zu klopfen.

Schließlich taumelte Walter Blau in die Küche. Er hatte in langen Stunden die wüstesten Träume überstanden und von Irenes nächtlicher Abwesenheit überhaupt nichts bemerkt. Er schien gewaltige Mühe zu haben, sich an die Ereignisse der letzten Zeit zu erinnern. Irene wagte jetzt nicht einmal mehr, sich auf ihrem Stuhl zu bewegen, legte den Zeigefinger an die Lippen und gebot Walter, still zu sein.

In der Zwischenzeit war es Robert Sommer zu dumm geworden. Er hämmerte jetzt mit beiden Fäusten gegen die Wohnungstür und rief, so laut er konnte, Walter beim Namen. Nach einer Weile kapierte Walter, daß es Robert Sommer war, der da klopfte, und es sich um kein kriminalpolizeiliches Attentat handelte. Erleichtert ging er in das Vorzimmer, um die Tür aufzumachen.

Nachdem Robert Sommer Irene gegenüber am Küchentisch Platz genommen hatte, rückte er sofort mit seinem Anliegen heraus. Er war nämlich der felsenfesten Überzeugung, daß mindestens die Hälfte des erbeuteten Kokains ihm zustand.

Denn: Schließlich war er es gewesen, der die Idee hatte, Konrad zum Hotelzimmer des Peruaners zu folgen. Schließlich war er es gewesen, dem Konrad eins übergezogen hatte, wie er sich ausdrückte. Und darüber hinaus war Kokain in so ausreichender Menge vorhanden, daß es locker, vorausgesetzt, sie würden die geeignete „Wiener Mischung" finden, für sie beide ausreiche. Und nicht zuletzt war er es, der über die notwendigen Kontakte in der Szene verfüge, um diesen Stoff schnell und halbwegs sicher an den Mann zu bringen.

Walter Blau rieb sich die Augen und sagte nichts. Wortlos goß er seinem Bekannten Kaffee in eine Tasse, schenkte sich auch ein und nahm neben Irene, die immer noch regungslos und schweigend dasaß, Platz.

Robert Sommer zog aus einer Plastiktasche eine Packung *Dextropur*, fragte nach dem Koks und wollte sich sofort daranmachen, das „Maximale an Menge" herauszuschinden.

Jetzt wurde es Irene zuviel, und sie schrie ihm ins Gesicht: „Was bildest du dir überhaupt ein!" Und Walter keifte sie an: „Und du sitzt einfach da, läßt dir solche Frechheiten bieten und schaust dumm aus der Wäsche!"

Walter und Robert starrten Irene fassungslos an. Sie war aufgestanden und ging in der Küche auf und ab. Nach kurzer Zeit hatte sie ihre Nerven wieder unter Kontrolle und gab zu bedenken, daß der Stoff mit einer derartig schwachsinnigen Strecktaktik für eventuelle seriöse Käufer schwer gemindert, wenn nicht gar ruiniert wäre.

„Dieser Plan ist doch viel zu riskant. Oder sollte ich mich etwa irren, und ihr wollt den Stoff gar nicht grammweise verkaufen?" wollte sie schließlich von Robert Sommer wissen.

Robert blickte hilfesuchend zu Walter: „Ich habe geglaubt, daß deine Alte mit Koks nichts im Sinn hat?" fragte er aufgebracht. Walter starrte auf einen Kaffeelöffel auf dem Tisch und sagte nichts.

Irene schaute sich Robert Sommer nun einmal genauer an. Seine Gesichtszüge, seine Haltung und seine Kleidung strömten eine gewisse Müllhaldenatmosphäre aus. Armut und Entbehrung waren das erste, das Irene zu Robert Sommer einfiel. Auf jeden Fall hatte dieser Bursche schon seinen Teil von der Schattenseite des Lebens kennengelernt, stellte Irene ganz richtig fest, und es schien, als hätte Robert Sommer ihre Gedanken erraten, denn jetzt schob er den aufgekrempelten Hemdsärmel über seinen rechten Unterarm, um eine schlecht gemachte Tätowierung, die ihm sein erster Gefängnisaufenthalt eingebracht hatte, zu verstecken.

Irene fixierte ihn immer noch. Sie war einer jener Menschen, die sich ständig den Kopf darüber zerbrachen, wie andere mehr aus ihrem Typ machen könnten. Doch so sehr sie sich auch anstrengte, welche ausgefallenen Varianten einer maroden Mode sie auch in Betracht zog – es fiel ihr kein Styling ein, das Robert Sommer zu einem auch nur halbwegs annehmbaren Aussehen verhelfen hätte können.

Irene bekam einen heillosen Zorn auf Walter. Es wäre auch zu schön gewesen, hätte dieser Loser nur einmal in seinem Leben keinen Mist gebaut. Warum war er nicht in der Lage gewesen, Konrad den Stoff allein abzunehmen?

„Was sollen wir deiner Meinung nach tun?“ fragte Walter Irene, und in seiner Stimme schwang eine gehörige Portion Respekt.

„Das wird ja immer besser!“ ereiferte sich Robert und begann hysterisch zu lachen: „Jetzt sagt uns deine Tussi, was wir zu tun haben, oder wie darf ich das verstehen?“

Walter Blau erinnerte sich plötzlich, daß noch keine 24 Stunden vergangen waren, seit Irene zum ersten Mal in ihrem Leben Kokain überhaupt gesehen hatte, und ihr Pseudofachwissen ging ihm plötzlich wahnsinnig auf die Nerven. „Was willst du eigentlich? Hat dir das bißchen Kokain den letzten Verstand aufgefressen? Robert hat bei dieser ganzen Chose sicher einen besseren Durchblick als du. Wenn du so arg auf das Zeug reagierst, bekommst du nichts mehr von mir!“

Irene schwieg, und Robert schien sehr erleichtert zu sein, als er sagte: „Wir strecken das ganze Koks, und dann machen wir uns gleich auf die Socken! In ein paar Tagen sind wir den Stoff los, und dann muß Wien sowieso für eine Weile ohne mich auskommen.“

„Aber das ist doch viel zu riskant!“ gab Irene mit besorgter Stimme zu bedenken. „Wenn ein jeder Kunde, dem ihr ein Gramm verkauft, nur eine einzige Person ins Vertrauen zieht, züchten wir uns eine Schar von zweitausend potentiellen Verrätern. Das ist in einer so einwohnerschwachen Stadt wie Wien der helle Wahnsinn!“

Walter begann über Irenes Argument nachzudenken und meinte zu Robert: „Ganz blöd ist das, was sie sagt, auch wieder nicht.“

Schließlich gelang es Irene, die beiden wenigstens dazu zu überreden – in diesem Fall halfen ihr damenhaftes Aussehen und der altersmäßige Vorsprung –, wenigstens nicht gleich den ganzen Stoff auf einmal zu strecken. Nachdem sie zwanzig Gramm gut durchgemischtes Kokain in Portionsbriefchen abgepackt hatten – Robert hatte vorsorglich eine auf dem Flohmarkt erstandene Apothekerwaage mitgebracht – und Walter so weit in Form war, daß einem Ausgang nichts mehr im Wege stand, machten sich die beiden auf, um die Ware sukzessive und vorsichtig, das versprachen sie Irene hoch und heilig, an den Mann zu bringen.

Irenes Sorge um sein Wohl rührte Walter zutiefst, und auch Robert schrieb ihr aggressives Verhalten der Angst zu. Als die beiden endlich gegangen waren – Walter hatte wieder einmal seine spezielle Anhänglichkeit an den Tag gelegt, denn immer wieder wollte er Irene ein letztes und noch ein allerletztes Abschiedsküßchen verpassen –, wickelte Irene das restliche Kokain schnell in Alufolie und verstaute es auf dem Boden ihrer Handtasche, die sie hinter einem dicken Wintermantel im Vorzimmerschrank versteckte. Danach ging sie in die Küche zurück. Die Uhr zeigte die fünfte Nachmittagsstunde an. Während ihre Kaffeemaschine frischen Kaffee zubereitete, räumte Irene den Küchentisch ab und überlegte fieberhaft, was sie alles einzupacken hatte.

Auf jeden Fall mußte sie ihre Kosmetiksachen und ein paar Kleider mitnehmen, denn wenn sie sich jetzt mit Walters Kokain aus dem Staub machte, konnte sie schwerlich so bald wieder hierher zurückkommen. Ihre gute Laune und ihre Zuversicht wurden angesichts dieser Überlegungen auf eine harte Probe gestellt.

Sie ging durch die Wohnung, packte ohne besonderes System Notwendiges und Überflüssiges in eine riesige Reisetasche, und es tat ihr um jeden einzelnen Schilling leid, den sie in diese Wohnung, die sie jetzt wahrscheinlich zum letzten Mal sah, investiert hatte.

Gerade noch rechtzeitig dachte sie an ihre Papiere; im Wohnzimmer kramte sie nach der Dokumentenmappe mit

Polizzen für einen Bausparvertrag und verschiedene Versicherungen. Nachdem sie sich davon überzeugt hatte, daß sie ihren Reisepaß bei sich hatte, machte sie sich, ausnahmsweise ohne auf ihr Aussehen besonders zu achten, mit umfangreichem Gepäck und dem Kokain auf den Weg, um sich mit Peter Konrad zu treffen.

Als Harry mit dem zu Tode erschrockenen Dr. Kunsang auf der Schönbrunner Straße stand, schien der Kommissar mit dem beträchtlich größeren Zahnarzt plötzlich Mitleid zu bekommen. Harrys Blick wanderte zur gegenüberliegenden Straßenseite und blieb an der Fassade eines etwas heruntergekommenen Carambolcafés hängen. Er machte mit dem Kopf eine Bewegung in Richtung des Lokals und fragte den verstörten und am ganzen Körper zitternden Zahnarzt plötzlich ganz freundlich: „Sollen wir vorher noch etwas trinken?“ Der Zahnarzt, dessen Herz zum Zerspringen pochte, wußte nicht, ob der Polizist diese Frage ernst meinte, gab keine Antwort, sondern schaute ihn verzweifelt flehend an. Harry ließ den Oberarm von Doktor Kunsang los und überquerte die Straße. Völlig verloren trottete Dr. Kunsang hinter Harry her. Vor einer großen Theke blieb Harry stehen und bestellte einen doppelten Whisky. Dr. Kunsang wußte nicht, ob auch er etwas bestellen durfte oder ob er Harry beim Trinken zuschauen mußte. „Und Sie?“ fragte der Kellner jetzt den Zahnarzt. „Das gleiche!“ antwortete der schnell und wartete ab, was nun geschehen würde. Harry starrte unbeweglich auf die Wand vor ihm. Dr. Kunsang fischte aus seiner Hosentasche eine Packung *Marlboro* und bot Harry eine Zigarette an. Der lehnte mit einem Kopfschütteln ab. „Haben Sie etwas dagegen, wenn ich rauche?“ fragte er, und Harry verneinte freundlich. Nachdem der Kellner die beiden Whiskys vor die Männer gestellt und der Zahnarzt einige tiefe Züge aus seiner

Zigarette inhaliert hatte, nahm Harry sein Glas, drehte sich um und ging auf einen kleinen Tisch zu, der in der hintersten Ecke des Lokals stand. Dr. Kunsang griff sich ebenfalls seinen Whisky und setzte sich zu Harry.

„Was wissen Sie über Peter Konrad?" wollte Harry unvermittelt wissen. „Wieviel Kokain haben Sie von ihm gekauft?"

„Wieso kommen Sie zu der Annahme, daß ich Kokain von Konrad gekauft haben sollte?"

Harry schob sein Glas von sich, stand abrupt auf und sagte, für das beinah leere Lokal viel zu laut: „Weil du selbst es mir gesagt hast, du Idiot! Aber so ist es mir auch recht; wenn du dir nicht helfen lassen willst, dann gehen wir eben sofort aufs Kommissariat. Wenn du nicht vernünftig bist und lieber ins Polizeigefangenenhaus willst, dann wird es für mich nur einfacher. Ich habe mir gedacht: Eine Hand wäscht die andere! Du sagst mir, daß der Konrad ein Dealer ist, und dafür tauchst du morgen um acht Uhr in der Früh selbst auf dem Kommissariat auf und gibst dort zu Protokoll, daß Konrad dir eine geringe Menge Koks verkauft hat. Mit einer solchen Aussage stellt jeder Staatsanwalt sofort einen Haftbefehl für Konrad aus, und nur das ist es, was wir von dir wollen! Und wir beide ersparen uns deine spektakuläre Verhaftung. Aber wenn du unbedingt in die Zeitung kommen willst – bitte."

Dr. Kunsang grapschte nach Harrys Schulter und drückte ihn wieder in den Sessel: „Sieben- bis achtmal habe ich ein bis zwei Gramm von Konrad gekauft, aber mehr nicht."

„Und woher war der Stoff?" hakte Harry sofort nach.

„Aus Peru!" sagte Dr. Kunsang bestimmt.

„Sicher oder angeblich?" fragte Harry. Er schaute Dr. Kunsang voll ins Gesicht und dachte sich, daß er eigentlich ein Zahnarzt wäre, zu dem man gehen könnte.

„Sicher, denn Konrad hat mir den Mann, der das Kokain aus Peru gebracht hat, selbst vorgestellt."

„Nein!“ stöhnte Harry auf und begann sofort in der Innentasche seiner Leinenjacke nach dem Leichenfoto von Manúel Rodriguez zu suchen.

Nachdem er es endlich herausgefummelt hatte, hielt er es dem Zahnarzt vors Gesicht: „War es der?“

Dr. Kunsang besah sich das Foto kurz und nickte. „Ist das der Konrad gewesen?“ interessierte er sich aufgeregt für die Todesursache des Peruaners.

„Ist gut möglich“, sagte Harry Schulz langsam und lächelte zufrieden, „ich bin gerade dabei, das herauszufinden.“

Irene versuchte die Speisekarte zu entziffern. Ihre Hände schwitzten und die Handtasche, die sie in ihrem Schoß liegen hatte, schien so schwer zu sein, daß ihr das Atmen Mühe machte. Sie saß auf der Terrasse des Restaurants im *Lusthaus* und zu ihren Füßen lag die riesige Reisetasche, in der sich jetzt ihre gesamten Habseligkeiten befanden. Von Zeit zu Zeit sah sie auf ihre Armbanduhr, um gleich wieder auf die Straße zu starren, in der Hoffnung, Konrads *Porsche* endlich um die Ecke biegen zu sehen.

Als der Kellner, der schwitzend in seinem schwarzen Anzug steckte, plötzlich neben ihr stand, wußte sie noch immer nicht, was sie bestellen sollte.

„Wie wär's mit einer Melange und einem Apfelstrudel?“ schlug er genervt vor. „Nein, um Gottes Willen, nur keinen Apfelstrudel!“ stöhnte Irene. „Ich möchte nur etwas trinken, einen Weißwein vielleicht.“

„*Steinfeder, Chablis, Chardonnay*, ein Viertel oder ein Achtel?“ leierte der Kellner sein Angebot herunter.

„Ein Viertel Chablis“, antwortete Irene, zog ihre Reisetasche ein bißchen weiter unter den Tisch, und starrte wieder auf die Straße.

„Wo bleibt er nur, wo bleibt er nur?“ fragte sie sich. Was sollte sie tun, wenn Peter Konrad überhaupt nicht kam? Er hatte bereits mehr als zehn Minuten Verspätung. Sie beschloß, noch 20 Minuten zu warten, wenn er bis dahin immer noch nicht da sein sollte, würde sie unverzüglich mit einem Taxi wieder nach Hause fahren. Vielleicht war es doch keine so gute Idee gewesen, alle Brücken so auf Nimmerwiedersehen hinter sich abzubrechen. Ihr kamen all die schönen Kleider in den Sinn, die sie in Walters Wohnung zurückgelassen hatte. Sie mußte Peter Konrad unbedingt bitten, daß er mit ihr die Sachen abholte. Was sollte sie denn im Winter anziehen? Außer Sommerkleidung hatte sie nichts mitnehmen können. Und wo sollte sie ihre Kleider unterbringen? Im Augenblick hatte sie nicht einmal einen Schrank dafür. Irene wurde es jetzt ganz beklommen ums Herz, denn sie erinnerte sich an die Absteige, in der Peter Konrad und sie ihre erste gemeinsame Nacht verbracht hatten. Vielversprechend hatte ihre neue Liebe, was den Luxus anbelangte, jedenfalls nicht begonnen.

Diese Gedanken gingen ihr durch den Kopf, als der Kellner das Glas mit dem Weißwein vor sie hinstellte. Als sie den ersten Schluck nehmen wollte, fiel ihr auf, daß ihre Hand stark zitterte. Sofort stellte sie das Glas wieder auf den Tisch zurück. Beim zweiten Versuch nahm sie ihre ganze Konzentration zusammen und es gelang ihr, zu trinken ohne etwas zu verschütten.

Kurz darauf heulte ein Motor laut auf, und Konrad bog mit seinem *Carrera 4*, aus der Prater-Hauptallee kommend, in den Kreisverkehr ein. Als sie ihn hinter dem Steuer erkannte, begann ihr Herz wild zu hämmern. Besorgt, aber ganz sachlich, stellte sie fest, daß ihr die für eine gute Gangsterbraut erforderlichen Eigenschaften beinahe gänzlich fehlten. Konrad parkte und kam quer über den Platz schnell auf das *Lusthaus* zu. Irene blieb ruhig sitzen und sah ihm dabei zu, wie er nach ihr Ausschau hielt, wie er sie erkannte und schließlich vor ihrem Tisch stehenblieb. „Endlich, wieso hast du so lange gebraucht?“ fragte sie halb erleichtert, halb vorwurfsvoll.

„Können wir gehen?“ gab Konrad ungeduldig zurück.

Irene holte Luft: „Du bist gut, kommst fast um eine halbe Stunde zu spät, und jetzt begrüßt du mich so, und ich darf nicht einmal austrinken?“

„Trinken kannst du später“, stellte Konrad fest.

„Bezahlen muß ich aber noch“, maulte Irene.

Konrad hatte ihr gegenüber Platz genommen, er schaute sich um und zischte: „Die Polizei ist bei mir im Lokal gewesen!“

„Nein!“ Irene schrie fast. „Aber wieso denn, wieso kommen die zu dir? Wieso kommen die auf dich?“

Konrad hatte keine Lust, ihr irgendetwas zu erklären – was gab es da auch zu sagen – und stieß mit seinem rechten Fuß an die gigantische Reisetasche unter dem Tisch.

„Und was soll das sein?“ fragte er entsetzt.

„Ein paar Kleinigkeiten, von mir“, erwiderte sie beleidigt.

„Ein paar Kleinigkeiten? Wo willst du mit diesem ganzen Zeug hin?“

„Du bist gemein!“ schmollte Irene. „Ich kann doch unmöglich wieder in meine Wohnung gehen! Ich glaube, du kapierst nicht ganz, was ich für dich alles aufgegeben habe.“

Konrad fand, daß es keinen Sinn hatte, sich mit Irene auf eine derartige Diskussion einzulassen. Er stand auf und ging in das Innere des Lokals, um den *Chablis* zu bezahlen. Als er wieder zurück war, griff er nach ihrem Arm und sagte leise: „Komm, gehen wir!“

Irene schob seine Hand weg und trank den Weißwein in einem Zug aus. Konrad faßte neuerlich nach ihr und zog sie in die Höhe.

„Wo ist das Koks?“ wollte er wissen.

Irene antwortete nicht, doch als sich seine Hand fester um ihren Oberarm legte, blickte sie auf die Handtasche in ihrem Schoß. Konrad nahm die Tasche, stand auf und ging. Sie lief hinter ihm her und schleppte mühsam die riesige Reisetasche. Als Konrad hinter dem Volant Platz genommen hatte, durchsuchte er die Tasche. Nachdem er sich davon überzeugt hatte, daß das Kokain auch tatsächlich da war, schob er sie unter seinen Sitz. Erst dann half er Irene, die Reisetasche zu verstauen. Während er bereits losfuhr, war Irene noch dabei die Autotür zu schließen. Irene Fiala lehnte sich im Beifahrersitz zurück und beobachtete Peter Konrad während der Fahrt nachdenklich von der Seite.

Mit einem versöhnlichen Tonfall in der Stimme, als wolle er sich für seine Gereiztheit bei ihr entschuldigen, sagte er nach ein paar Minuten: „Bitte Irene, du mußt dich jetzt für eine Weile zurücknehmen. Seit diese zwei Beamten von der Mordkommission bei mir im Lokal gewesen sind, weiß ich gar nicht mehr, wo mir der Kopf steht. Irgendwie wird mir das alles schön langsam zu viel.“

Peter Konrad fühlte sich in der Tat ganz erbärmlich, als er Irene fragte: „Weißt du eigentlich, wie lange ich schon nicht mehr richtig geschlafen habe?“

„Und ich!“ ereiferte sich Irene. „Glaubst du, für mich ist es leicht, glaubst du, daß ich keinen Schlaf brauchen könnte?“ Dann schwieg sie wieder und schien erst jetzt zu begreifen, wovon er gesprochen hatte: „Wieso ist die Polizei bei dir gewesen, was wissen die von dir?“

„Lassen wir das jetzt, die können mir außerdem gar nichts beweisen“, flehte Konrad Irene beinahe an.

„Als erstes müssen wir das Kokain in Sicherheit bringen.“

„Apropos Kokain“, bemerkte Irene plötzlich, als der Wagen in die Schüttelstraße einbog, „der Walter und sein

Freund haben das Koks gestreckt und sind gerade dabei, es zu verkaufen!"

„Was?" fragte Konrad ungläubig. „Das ganze?"

„Nein, das konnte ich zum Glück mit Mühe und Not gerade noch verhindern, aber 20 Gramm haben sie mit *Dextropur* vermischt, alles fein säuberlich mit einer Apothekerwaage gewogen und kleine Portionen daraus gemacht. Damit sind sie losgezogen. Den Rest hab' ich mitgenommen. Was glaubst du, was passieren wird, wenn mein Freund nach Hause kommt und der Stoff nicht mehr da ist?"

„Verdammt, das geht mir alles zu schnell!" fluchte Peter Konrad. „Und wann, meinst du, kommt der wieder nach Hause?"

„Keine Ahnung, ich weiß nicht, wie lange die mit ihrem Vorrat auskommen."

Irene faßte sich an den Kopf. Da saß sie in einem Auto, das eine Million und dreihunderttausend Schilling kostete, und fühlte sich armseliger als je zuvor in ihrem Leben. Nach einer Weile fragte sie: „Wohin fahren wir eigentlich?"

Peter Konrad schien zu überlegen, bevor er sagte: „Zu mir nach Hause, oder hast du eine bessere Idee?"

Irene schluckte: „Und die Handwerker?"

„Welche Handwerker?" fragte Konrad verdattert.

„Die Handwerker, deretwegen wir die letzte Nacht in einem Bordell verbracht haben."

Konrad brachte den *Porsche* auf einem freien Parkstreifen zum Stehen, dann nahm er Irenes Hand in die seine und sagte: „Irene, das mußt du verstehen. Ich habe dich gestern doch noch nicht gekannt, ich habe nicht gewußt, was für eine phantastische Frau du bist. Ich habe doch nicht wissen können, wie ernst das mit uns ist."

In diesem Augenblick begriff Irene, daß sie, wie alle anderen Menschen auch, ganz alleine auf dieser Welt war.

„Und warum habe *ich* dir sofort vertraut?"

„Weil du eine Frau bist! Frauen haben ein viel besseres Gespür als Männer!"

Plötzlich liefen Tränen über Irenes Wangen. Sie begann zu schluchzen und wollte ein Taschentuch aus ihrer Handtasche. Konrad zog das gewünschte Objekt unter seinem Sitz hervor und drückte es ihr in die Hand. Nachdem sie eine Packung Papiertaschentücher herausgenommen hatte, schneuzte sie sich lautstark, überhaupt nicht damenhaft, fand Konrad, und trocknete ihre Tränen. Dann gab sie ihm die Tasche wieder zurück. Aber er nahm sie nicht, sondern bat: „Irene, du darfst mir nicht böse sein, du mußt mich verstehen." Irene atmete ein paarmal tief durch und meinte dann resigniert: „Also gut, fahren wir zu dir nach Hause. Wo wohnst du überhaupt?"

Das Lokal roch nach *Chili con carne*. Robert Sommer setzte sich an einen Ecktisch, von dem aus man das ganze Terrain überblicken konnte. Er bestellte einen *Cuba libre* und Walter Blau nickte dazu.

Als der Kellner die Getränke servierte, fragte Robert Sommer: „Ist der Igor heute schon dagewesen?"

„Der ist mit einem im Hinterzimmer beschäftigt", brummte der Kellner. „Wenn du willst, sag' ich ihm, daß er kommen soll."

„Genau."

Nach zwanzig Minuten kam Igor an den Tisch. Er schaute zuerst Walter Blau dann Robert Sommer scharf an.

„Bist du zum Spaß oder zum Arbeiten gekommen?" wollte Igor von Sommer wissen.

„Beides", erwiderte Robert und grinste, daß sein mageres, dünnhäutiges Gesicht einer tibetanischen Totenmaske glich. Er nahm ein Portionsbriefchen aus der Innentasche seiner abgetragenen Lederjacke und drückte es Igor in die Hand.

„Was zum Teufel soll das?“ fragte ihn Igor.

„Weißes.“

„Speed?“

„Nein, richtiges *Weißes* aus den Anden. Hast du nicht gerade gesagt, daß du aufs Klo mußt?“

Gleich darauf verschwand Igor in der Toilette.

Robert Sommer bestellte „dasselbe“ noch zweimal.

Igor kehrte mit einer kakaobraunen Schönheit an den Tisch zurück. Die Schönheit nahm auf einem der zahlreichen freien Stühle Platz.

„Und?“ erkundigte sich Robert nun nach Igors Meinung und schaute ihm betont gerade in die Augen.

„Spitzenzeug!“ mischte sich Walter Blau jetzt in das Gespräch ein.

„Not bad“, sagte Igor beiläufig und nach einer kurzen Pause: „Alles von dem, was du auftreiben kannst!“

„So viel?“

„Nach dem ganzen Brom, das sie mir im Knast zum Fressen gegeben haben“, erwiderte er, und es klang wie eine Entschuldigung.

„Er kommt gerade aus dem Gefängnis. Er ist der, der mit einer Gorbatschow-Maske Banken überfallen hat. War ganz groß in allen Medien!“ erklärte Robert Walter Blau, und in seiner Stimme schwang eine gehörige Portion Respekt.

„Da mußt du ja jahrelang Brom gefressen haben, das ist ja schon urlang her“, kommentierte Walter Blau vollkommen unbeeindruckt. Seine Stimme nahm einen geschäftsmäßigen Tonfall an, als er Igor fragte: „Wieviel willst du von dem Stoff?“

„Wieviel gibt’s denn?“

„Sicherlich mehr, als du dir leisten kannst.“

„Wie kommt ihr an das Zeug?“ wunderte sich Igor.

„Das ist aber nicht dein Problem“, bemerkte Robert und fuhr fort: „Sag wieviel du dir leisten kannst, und ich sag dir ob es genug gibt für dich.“

Aus den Lautsprechern erklang ein uraltes Lied – „Alexandra“, und die kakaobraune Schönheit stand auf und begann im Gang zwischen den Tischen ihren schönen Körper im Rhythmus der Musik zu wiegen. Keiner der drei Männer interessierte sich auch nur im geringsten für ihren Tanz.

„70 Grämmer, zu 1000.“

„Das läßt sich machen“, stimmte Walter Blau schnell zu, und schaute Sommer an, der lieber noch ein bißchen um den Preis verhandelt hätte. „Wann?“

„Morgen?“ fragte Igor gedehnt. Dann schien er eine bessere Idee zu haben: „Oder geht es heute noch?“

Walter schaute zu Robert, der ihm kurz zunickte.

„Wo können wir dich später finden?“

„Im P1.“

„Mit 70 Gramm spaziere ich nicht ins P1“, meinte Robert bestimmt.

Das leuchtete Igor ein, und er machte, nach einem Blick auf seine Armbanduhr, einen anderen Vorschlag: „Um Mitternacht im *Club Berlin*?“

„Den kenn' ich. Geht in Ordnung, um Mitternacht“, stimmte Robert zu.

Igor verabschiedete sich und begab sich wieder in das Hinterzimmer, wo er noch etwas zu erledigen hatte. Die kakaobraune Schönheit hörte auf zu tanzen und ging in einiger Entfernung hinter ihm her.

Walter Blau nahm sein Glas und prostete Robert Sommer zu. Ihre gemeinsame Verkaufstätigkeit hatte sehr vielversprechend begonnen.

Das Risiko war nicht groß. Dr. Kunsang war so sehr auf seinen guten Ruf als Zahnarzt bedacht, daß er es kaum wagen würde, mit Peter Konrad Kontakt aufzunehmen. Und wenn schon, dachte Harry Schulz, wenn er versuchen sollte ihn zu warnen, konnte es auch nicht schaden. Im Gegenteil, es konnte ihm nur recht sein, wenn dieser Konrad ein wenig von der Verzweiflung und Nervosität spürte, die Verdächtige normalerweise überfällt, sobald sie merken, daß man ihnen auf den Fersen ist. Hirth und Dorothea hatten bestimmt schon längst die Observierung von Konrads Lokal befohlen. Er wußte, wie seine Kollegen arbeiteten. Ja, das kannte er in- und auswendig. Er mußte lachen, denn auf die Idee, Konrads Wohnung zu beschatten, schien bisher nur er gekommen zu sein. Er saß in seinem Dienstwagen, hatte das Seitenfenster ganz hinuntergekurbelt und beobachtete einen gelben Kater, der im Eschenbachpark verschwand.

Als die Dämmerung hereingebrochen war, trat Konrad plötzlich aus dem Haustor mit der Nummer vier und ging zu seinem Wagen, den er auf der gegenüberliegenden Straßenseite geparkt hatte. Kurz darauf setzte sich der schwarze *Porsche* langsam in Bewegung. Harry Schulz hupte einen Lastwagen an, der schwer und bedrohlich aus einer Nebenstraße rollte und sich zwischen den *Porsche* und Harrys *Volkswagen* drängen wollte. Der Fahrer zeigte Harry den Vogel. Harry war jetzt bestrebt, den Abstand zwischen Konrad und sich zu vergrößern. In respektvoller Entfernung folgte er Konrad, der die Währingerstraße stadteinwärts fuhr, um dann in den Gürtel einzubiegen.

Peter Konrad hatte viel zu viele Gedanken im Kopf, um zu bemerken, daß er verfolgt wurde. Er sah Irene vor sich, wie sie, in seinen Bademantel gehüllt, auf dem Bett lag. Sie sah in ihrem Unglück sehr schön aus, fand er, aber er wußte, daß jede Liebe unmöglich war. Sie war völlig unmöglich, denn sie ließ sich nicht kontrollieren, und es würde nie zu schaffen sein, ein einigermaßen funktionierendes Gleichgewicht zu bewahren. Er spürte den vertrauten abgestandenen Geschmack im Mund. Seit wann war er ihn eigentlich nicht mehr losgeworden? Seit Jahren hatte er keine Frische mehr im Mund gespürt. Seit Jahren war er ohne Gefühl gewesen. Und jetzt plötzlich rührte ihn eine unglückliche Frau, die in seinem Bademantel auf seinem Bett lag. Ausgerechnet jetzt rührte ihn der Anblick einer Frau. Ausgerechnet jetzt, wo er nicht mehr weiter wußte. Er war müde, und niemand war da, dem er sich hätte anvertrauen können, ohne sich auszuliefern. Er hatte einen Menschen umgebracht, und nicht einmal dabei hatte er etwas gefühlt. Sein Kellner Alfred hatte recht, man konnte nicht einfach hergehen und einen Menschen töten und annehmen, daß alles so wie bisher weitergehen würde. Aber was war bisher schon großartig weitergegangen mit ihm? Er hatte sich selbst eine Grube gegraben und war hineingefallen. Warum hatte er mit Irene, bevor er sie in seiner Wohnung allein zurückgelassen hatte, nicht geschlafen, fragte er sich jetzt. Vielleicht hätte ihm das eine gewisse Erleichterung verschafft? Vielleicht würde es ihm jetzt besser gehen? Aber gleichzeitig wußte er, daß das nicht gegangen wäre, daß er das nicht wollte. Er wollte mit diesen antiseptischen, parfumdesinfizierten Körpern nichts zu tun haben. Er wollte seine Ruhe und dieses Geturne zwischen Frauenbeinen erschien ihm im Moment als die größte Anstrengung des menschlichen Daseins.

Der *Porsche* fuhr langsam die Schottenfeldgasse hinauf. Als sich Peter Konrad in der Nähe des Hauses mit der Nummer 43 einparkte, sah Harry Schulz, daß das schwarze Fahrzeug das Wunschkennzeichen „W – Schnee 1" trug. Harry Schulz passierte Peter Konrad langsam und beobachtete aus einiger Entfernung, wie dieser zu Fuß die Kandlgasse überquerte, auf ein Gründerzeithaus zuging und das Haustor aufsperrte. Fünf Minuten später wurde im zweiten Stock Licht eingeschaltet.

Peter Konrad schaute sich in der verlassenen Wohnung um. Leise öffnete er eine Tür und blickte in ein verdunkeltes Schlafzimmer, in dem jemand das dürftige Licht einer Nachttischlampe brennen hatte lassen. Die Wand am Kopf des Bettes war ganz mit professionell gemachten Photographien, die Irene in den verschiedensten Posen zeigten, tapeziert. Sie war wirklich eine ausnehmend schöne, junge Frau, bemerkte Konrad, und es tat ihm leid, daß sie einander erst jetzt kennengelernt hatten. Unwillig stellte er fest, daß all diese Gedanken nicht gut für ihn sein konnten. Er zog die Tür hinter sich ins Schloß und sah sich weiter in der Wohnung um. Nachdem er sich einen Überblick verschafft hatte, drehte er alle Lichter ab und beschloß, in der Dunkelheit des Wohnzimmers auf Walter Blau zu warten. Nach einer guten Stunde, Konrad war ein wenig eingenickt, schreckte ihn eine Stimme, die aus dem Stiegenhaus zu kommen schien, auf. Er war sofort wieder hellwach und drückte sich tiefer in das weiche Polstermöbel. Kurz darauf hörte er, wie jemand die Wohnungstür öffnete. Robert Sommer drängte sich in der Dunkelheit an Walter Blau, der umständlich den Lichtschalter suchte, vorbei, und steuerte auf die Küche zu. Als Blau ebenfalls das Wohnzimmer durchquerte, fiel sein Blick auf Peter Konrad. Walter erschrak fürchterlich und konnte einen Entsetzensschrei nur mit Mühe und Not unterdrücken.

Er trat ein paar Schritte zurück und stammelte: „Was soll denn ..., was machen Sie ..., was machst du hier?“

Konrad, ebenfalls aufgeregt, aber gefaßter, war jetzt aufgestanden und ging langsam auf Walter Blau zu: „Ich muß mit euch reden!“

Robert Sommer, der in der Küche vor dem geöffneten Kühlschrank stand, rief ins Wohnzimmer: „Walter, wo hast du das Zeug denn hingetan?“

Konrad wies Blau an, auf seiner eigenen Sitzgarnitur Platz zu nehmen, als Robert Sommer ins Wohnzimmer stürzte und schrie: „Im Kühlschrank ist der Stoff nicht mehr!“

Als er Peter Konrad bemerkte, wurde seine Stimme ganz ruhig und er sagte in einem Tonfall, als wäre die Situation völlig alltäglich: „Guten Abend!“

„Guten Abend, guten Abend!“ äffte ihn Walter Blau nach, dem Sommers Auftauchen zu mehr Selbstbewußtsein verholfen hatte. Gleich darauf fuhr er Konrad an: „Was willst du hier?“

Mit einem Mal fiel ihm Irene ein, er lief zum Schlafzimmer und riß die Tür auf. Als er den leeren Raum sah, schaute er im Bad nach.

„Wo ist meine Freundin?“ schnauzte er Konrad an, als er wieder ins Wohnzimmer stürzte.

„Das ist einer der Punkte über die ich mit euch reden möchte. Sollten wir uns nicht lieber setzen?“

Robert Sommer, der bemerkenswert ruhig schien, nahm auf dem Sofa Platz.

„Wieso soll ich mich setzen? Ich will mich nicht setzen. Ich will wissen wo Irene ist!“ schrie Walter Blau hysterisch und starrte Konrad, der so weiß wie die Wand war, haßerfüllt an. Und erst jetzt schien er langsam zu realisieren, was Robert über das Kokain gesagt hatte. Er hastete in die Küche und riß die Kühlschranktür auf. Als er das Kokain nicht an seinem Platz fand, stürzte er sich auf Konrad und versetzte ihm einen derben Stoß. „Wo ist der Stoff? Wo ist meine Freundin?“ kreischte Blau mittlerweile völlig unbeherrscht.

„Das ist ja der Grund, warum ich hergekommen bin.

Deine Freundin Irene wollte mir mein Kokain zurückgegeben. Ich habe mir gedacht, daß du das wissen solltest", erwiderte Konrad komplizenhaft.

„Du spinnst! Du bist ja verrückt!" schrie Blau, und Sommer mischte sich jetzt ebenfalls ins Gespräch: „Was ist das überhaupt für eine Geschichte?"

„Moment, Moment, alles schön der Reihe nach", bat Konrad und holte tief Luft.

„Deine Tussi ist mit dem Stoff auf und davon, ich habe ja gleich gewußt, daß der nicht zu trauen ist", empörte sich Sommer.

„Du hältst den Mund!" fauchte Blau Sommer an, um gleich darauf mit einem Wink auf Konrad festzustellen: „Dem glaub' ich sowieso kein einziges Wort."

Robert Sommer hatte sich wieder vom Sofa aufgerappelt und ging ein paar Schritte im Wohnzimmer auf und ab.

„Und wo ist unser Stoff jetzt wirklich?" fragte er Konrad.

„Keine Ahnung, diese Irene ist bei mir aufgetaucht und wollte ihn mir zurückgeben, aber ich war der Meinung, daß er mir nicht mehr zusteht. Wo die Frau mit dem Stoff jetzt ist, würde mich selber interessieren."

Walter Blau hatte den Eindruck, daß ihm jemand den Boden unter den Füßen weggezogen hatte. Er warf sich auf Konrad, umklammerte dessen Hals und begann ihn zu würgen: „Du Hund! Du Drecksau!" stieß er beinahe weinend hervor, während er mit beiden Händen fest zudrückte und Konrad die Luft abschnürte. Verzweifelt versuchte der – schon ganz blau im Gesicht – Walter abzuschütteln, aber da er saß, während sich der andere mit seinem ganzen Gewicht auf ihn gestürzt hatte, war die Anstrengung vergeblich.

Robert Sommer versuchte, Blau von Konrad wegzuzerren. Doch der hatte sich in seiner Wut, dermaßen in Konrads

Hals verkrallt, daß Sommer beide Männer ein Stück in die Höhe zog. Konrad, der nun schon die Augen verdrehte und verzweifelt nach Luft japste, wand sich mit nachlassenden Kräften im Sofa hin und her und bekam, kurz bevor er die Besinnung verlor, in seiner Sakkotasche den Schaft seiner *Desert Eagle* zu fassen. Er berührte den Abzug und schoß Walter Blau mitten in den Bauch. Blau riß die Augen auf, seine Hände ließen wie in Zeitlupe Konrads Hals los, er fiel auf die Knie. Robert Sommer war entsetzt ein paar Schritte zurückgewichen und starrte abwechselnd auf Peter Konrads bläuliches Gesicht und auf Walter Blau, der langsam auf dem Wohnzimmerteppich zusammensackte.

Konrad vergrub das Gesicht in beiden Händen, er begann seinen Körper zu einem unhörbaren Rhythmus hin- und herzuwiegen und er flüsterte schluchzend: „Das tut mir leid. Das habe ich nicht gewollt!"

In diesem Moment stürmte Harry Schulz, der den Schuß gehört hatte, mit gezückter Dienstwaffe die Wohnung. In Sekundenschnelle hatte er sich über die gesamte Situation einen Überblick verschafft. Peter Konrad kam gar nicht dazu, sich zu erinnern, wo er Harrys Gesicht schon gesehen hatte, so flott hatte ihn der entwaffnet und mit Handschellen an einen Stuhl gefesselt. Als er sich zu Walter Blau, der auf dem Teppich zusammengekrümmt lag, hinunterbeugte, erkannte er ganz richtig, daß der dringend einen Rettungswagen benötigte.

Nachdem Peter Konrad in dieser Nacht im Polizeigefangenenhaus eine Zelle zugewiesen worden war, avancierte Harry Schulz plötzlich zum gefeierten Star der gesamten Abteilung.

Sein Chef war wieder per du mit ihm, und er forderte Harry auf, ihn auf die Pressekonferenz am nächsten Morgen, an der eine große Menge von Journalisten und Journalistinnen teilnehmen würde, zu begleiten.

Dorothea Winter wollte ihn zu sich nach Hause zu einem Abendessen einladen, und ein Hofrat der Kriminalpolizei überreichte ihm einen Geschenkkorb der Firma *Meinl* und bemerkte, daß er ihn bei Gelegenheit gerne seiner Frau vorstellen würde.

Doch Harry, der um einen Meter gewachsen schien, wollte so schnell wie möglich in sein Gartenhäuschen und mit Olga abrechnen. Er verabschiedete sich unter heftigem Protest, fand sein Citybike sofort und schwang sich in den Sattel. Wie besessen radelte er über den Ring und dann auf der Wienzeile stadtauswärts. Er fühlte sich stark wie schon lange nicht mehr und imstande, Olga einen Auftritt zu liefern, den sie Zeit ihres Lebens nicht vergessen würde. Harry stellte sich ihr vorwurfsvolles Gesicht vor, weil sie im Kühlschrank nichts Gutes gefunden, und er wieder einmal viel zuwenig alkoholische Getränke eingekauft hatte, wo sie sich doch großzügigerweise bereit erklärt hatte, ein paar Tage bei ihm draußen zu schreiben, und in ihrer maßlosen Großherzigkeit die ganze Nacht auf so einen tristen Idioten gewartet hatte. Harry schwitzte in Strömen, radelte aber tapfer weiter. Nicht einmal am Ende der Hietziger Hauptstraße, dort, wo es schon ganz steil bergauf geht, stieg er vom Rad, sondern bog gegen die Einbahn in die Einsiedeleigasse und ignorierte das Hupen eines ihm entgegenkommenden LKWs. Vor dem Haus Nummer 17 sprang er vom Rad und steckte seinen Schlüssel in das Schloß der grüngestrichenen Gartenzauntür, die er scheppernd zuwarf. Er ließ den Drahtesel auf den mit Steinen ausgelegten Boden des Hofes fallen und eilte die kleine Steintreppe über die Terrasse in sein Wohnzimmer. Von Olga keine Spur. Er schaute ins Bad, ins Klo; nachdem er sie auch in seinem Bett nicht vorgefunden hatte, wollte er gerade im parkähnlichen Garten, den er mitbenutzen durfte, sofern er keinen Hund und nicht mehr als zwei Personen als Begleitung mitnahm, nachschauen, als er den kleinen weißen Zettel auf seinem Kühlschrank bemerkte.

Auf dem Papier fanden sich eine Rüge und Olgas letztes Gedicht:

„Österreichische Vollmilch, die mir dein Kühlschrank entgegenschüttet, und ein nichtvorhandener Weinkeller inspirierten mich zu folgendem Gedicht:

Mütter

Frauen suchen Väter
finden Söhne
den Bruder erkennen wir nicht.

Ertrinken wir staunend im Milchsee?

Olga Saah."

Die Autorin

Foto: Luis-Manúel Zuniga

Renate Zuniga, 1957 in Brixlegg/Tirol geboren, lebt seit 1977 in Wien. Dolmetschstudium in Wien und Paris. Seit 1983 Mag. phil., Diplomdolmetscherin für Spanisch und Französisch. Zahlreiche Übersetzungen von Lyrik, Prosa, Theaterstücken und Filmen, u. a. *Die Konferenz von Jalta* von Henri Chopin, Gedichte von Emilio Pacheco, Prosa von Michèle Rakotoson und Enrique Vila-Matas, Filme von Alain Resnais und Agnes Varda.

Veröffentlichungen von Erzählungen und Gedichten in Literaturzeitschriften, Anthologien und im Hörfunk. Freie Mitarbeit in der Literaturabteilung und der Featureredaktion des ORF. Drehbuch des Krimis *Atahualpa* in der Reihe „Tatort“ für ORF und ARD.

Zeichentrickfilme gemeinsam mit James Clay und Häftlingen der Justizanstalt Favoriten.

GIFTMELANGE BAND 2

Elfriede Semrau

ZORES AUS DEM RECHTEN ECK

Broschur, ca. 280 Seiten
Mit einem Glossar
öS 198.–/DM 29.–/sfr 29.–
ISBN 3-900399-89-1

Poldi Huber, von Beruf Lebenskünstler und Gatte einer erfolgreichen »Gemüsestandlerin« (= Marktfrau) auf dem Wiener Naschmarkt, betätigt sich in seiner ausgiebigen Freizeit gern als Privatdetektiv. In dieser Eigenschaft unterstützt er Chefinspektor Alberich Zwerger (der seinen etwas ungewöhnlichen Vornamen der Vorliebe seines Vaters für germanische Mythologie und das Dritte Reich verdankt) und den Inspektor Charly Kogler, Mitarbeiter von Zwerger und begnadeter Stimmenimitator, diesmal bei Nachforschungen im Dunstkreis »Ewiggestriger« und auch ganz neuer Rechter.

Mit Witz und Biß gelingt Elfriede Semrau ein Rundumschlag gegen Alt- und Neonazis, den rechten Kirchenflügel und gegen die moralinsaure Selbstgerechtigkeit im allgemeinen. Inmitten von Wiener Typen und manchmal unschwer erkennbaren Persönlichkeiten bewegt sich die originell und bissig-komisch gestaltete Handlung. Um Mißverständnissen vorzubeugen, erklärt ein vergnügliches Glossar alles, was außerhalb von Wien schwer verstanden wird.

Edith Kneifl

ZWISCHEN ZWEI NÄCHTEN

Ein Kriminalroman

187 Seiten, öS 198,–/DM 29,–

ISBN 3-900399-49-2

Einfühlsam und mit einer präzisen Technik im Umgang mit Sprache und Szenenwechsel schafft Edith Kneifl ein changierendes Muster, das an Spannung und subtiler Erotik nichts zu wünschen übrig läßt. *Zwischen zwei Nächten* ist eine genaue Studie, die im vordergründig „leichten Genre" der Kriminalliteratur mit sorgfältig ausgeloteten Charakteren arbeitet. Ohne effekthascherische Tricks beleuchtet dieser moderne Roman anhand der Beschreibung einer tiefen Frauenfreundschaft ein Segment der gegenwärtigen Gesellschaft.

„Die Autorin versteht es, die offensichtliche Inszenierung eines Mordes zu inszenieren. Gekonnt seziert sie die Heuchelei eines real existierenden Milieus, dem Geld wichtiger ist als alles andere. Die Bachmannschen Mörder und Irren *in der Version der neunziger Jahre treten auf."*

(Der Standard)

Glauser-Preis 1992

Aktuelle Prospekte des Gesamtprogramms
können angefordert werden:
Wiener Frauenverlag
Lange Gasse 51
A-1080 Wien